Marjorie Boulton

OKULOJ

Marjorie Boulton naskiĝis la 7-an de majo 1924 en Teddington, Middlesex, la solinfano de du instruistoj. Translokiĝinte al Barton-on-Humber, ŝi eklernis en la gimnazio, kiun estris ŝia patro, kaj tie ŝin instigis al verkado la aŭtoro Henry Treece, kiu tie instruis. Boulton studis anglan literaturon en Somerville College, Oksfordo, de 1941 ĝis 1944 kaj de 1946 ĝis 1948.

    Boulton laboris kiel instruisto en diversaj postenoj, laste kiel direktoro de kolegio por instruistoj en Ambleside, en nord-okcidenta Anglio, sed en 1970 ŝi forlasis tiun profesion por okupiĝi plentempe pri esplorado kaj verkado. Reveninte al Oksfordo, en 1976 ŝi doktoriĝis per disertaĵo pri la verkisto Charles Reade. Ŝi restis en Oksfordo, verkante en la angla kaj en Esperanto, kaj ludante gravan rolon en la Esperanto-movado, ĝis sia morto la 30-an de aŭgusto 2017.

    Plej konata kiel elstara poeto en Esperanto, Boulton verkis ankaŭ dramojn, eseojn, novelojn kaj biografiojn en Esperanto. En la angla ŝi verkis poemojn kaj du krimromanojn. Ŝi ankaŭ multe tradukis, en Esperanton kaj la anglan.

★

Marjorie Boulton

OKULOJ

NOVELARO

ESPERANTO-ASOCIO DE BRITIO

2021

Marjorie Boulton (1924-2017).
Okuloj.
Novelaro.

Dua eldono.
Esperanto-Asocio de Britio.
Barlastono, 2021.

Editoris Edmund Grimley Evans. Enpaĝigis Tim Owen.
La kovrilon kreis Przemysław Wierzbowski. Kun danko al
Hoss Firooznia, kiu instigis nin reeldoni ĉi tiun verkon kaj
helpis pri la reviziado.

ISBN 978-0-902756-42-7

ENHAVO

1. OKULOJ

*L*EO ankoraŭ paŝadis en sia ateliero. Jam pli ol centfoje li provis eklabori; sed io detenis lian manon, ia sufoka premado malkuraĝigis lin. Li havis bonajn penikojn, ankaŭ provizon de diversspecaj krajonoj por skizado; la lumo en la ateliero estis tute bona; multaj junaj artistoj, baraktante kontraŭ indiferenteco, devigite elekti inter nervmuela, temporaba pangajna laboro kaj multjara malsatado eble vivdetrua, certe envius lin. Tion li mem sciis. Kvindekdujara, li nun havis komfortan domon, bonkvalitajn ilojn, eĉ kreditan saldon ĉe la banko. Pentraĵoj liaj jam troviĝis en multaj muzeoj en diversaj landoj. Oni jam verkis kelkajn librojn pri li.

Sed, tiun tagon, Leo paŝadis, penis devigi sin al laboro, reaŭdis kruelajn vortojn, kaj denove turnis la dorson al la laboriloj. Li penadis konvinki sin denove, ke la malaprobo de kelkspecaj homoj, iliaj ofendaj vortoj, estas atestaĵoj preskaŭ matematike validaj pri la supereco de la mallaŭdito. Sed la vortoj de malamikoj sonadis kaj resonadis en lia kapo. Kun escepte forta kapablo mense bildigi pasintajn kaj fantaziajn aferojn, li revidadis la maldiklipajn, mortokulajn negativajn vizaĝojn de tiu paro en la artgalerio. Li revidadis tiun ombrelopinton, kiu kun ŝira bruo vundis lian nudan belulinon *Ekscititino* kun ŝiaj en kvadratojn kristaliĝintaj mamoj. Tiu epizodo de enkarnigita kontraŭvivemo malebligis al li labori, preskaŭ malebligis al li pensi kohere.

Kolera kontraŭ si mem, Leo ĵetis sin en la malnovan fotelon, kiu estis la kutima ripozmeblo en la laborejo.

«Idioto!» li riproĉis al si mem. «Kial vi turmentiĝas pro vundo al via egoismo? Tiaj viaj sentoj ne gravas! Laboru, laboru! Nur per pli drasta krea laboro oni respondas la kalumniojn; nur kreante aŭ amante oni kontraŭstaras la fortojn de detruo kaj malamo.»

Li penegis spiri regule, profunde kaj malrapide. Estis malfacile, ĉar la vortoj eĥis kaj reeĥis, la vizaĝoj aperis kaj reaperis en lia suferanta menso. Li bone komprenis tion, kio al li okazis: ilia malamo, lin vundinte, kreis en li reagan malamon; kaj tiu malamo venenis lian senteman psikon, eĉ portempe malebligis al li ekvilibron. Tiu kvazaŭ infaneca, de li mem malinda naŭzo-obsedo, forigis la bazan serenecon, el kiu povas fonti la krea fervoro de arto aŭ amo. Sed kompreni sian malsanon ne signifas, ke oni povas tuj resanigi sin. Leo vere laboris interne. Li konscie malstreĉis la kolerajn muskolojn, reguligis sian spiradon, termis siajn okulojn.

Ĉe tiu ekspozicio li aŭdis diversajn stultaĵojn. Estis ĉiam tro
vebla kreteno kiu demandis: «Sed kial li ne pentras tion, kion
li vidas?» — kvazaŭ oni scius, kion iu ajn alia vidas, kvazaŭ
artisto estus fotografisto —; tamen tia kreteno tre eble admirus
lertan fotografiston, kies tekniko plibeligus banalan vizaĝon.
Estis tiu honestulino, kiu videble sinceris, dirante: «Sed mi
ne komprenas, kion li celas» — kvazaŭ li mem scius, kion li
celas, kvazaŭ ĉiu vivo ne estus tragika strebado al celo neniam
perfekte komprenota. Estis tiu neevitebla pseŭdosaĝulo, kiu
diris: «Ili faras tiel, nur ĉar ili ne kapablas desegni.» Iam, Leo

amare pensis, mi montros en ekspozicio kelkajn el la kelkmil skizoj kaj desegnoj, kiujn mi faris, per krajono fotografante, per peniko preskaŭ spegulante, dum mia longa prepariĝo kaj esplorado de la vida mondo. Estis tiu, kiu diris: «Mi konfesas, ke mi ne ŝatas modernan arton» — kvazaŭ la tuta vasta aro da nerealismaj bildoj konsistigus unu skolon. Estis tiu, trenante per la mano lacan kaj ploraĉeman infanon, kiu diris: «Sed mia knabeto povus fari ion similan!» — kaj videble ne kapablis ŝati aŭ artaĵojn ... aŭ sian propran infanon. Tiajn homojn li atendis ĉe ĉiu ekspozicio. Ofte li sentis absurdan deziron helpi al ili, klarigi ion al tiuj fermitaj sensoj kaj mensoj; sed li ĉiam detenis sin. Vortoj ne estis lia preferata ilaro; se li povus ĉion klarigi per vortoj, eble li ne bezonus pentri, eble li eĉ estus poeto; kaj li suspektis, ke la homoj komprenas nur tion, kion ili finfine klarigas al si mem.

Sed tiuj du homoj, verŝajne laŭleĝaj geedzoj, sed kiuj certe, laŭ la pli fidindaj atestaĵoj de buŝoj kaj okuloj, neniam spertis veran intersindonan amekstazon aŭ tiun reciprokan grandanimecon, al kiuj amo povas eduki la homojn, vizitis la ekspozicion nur esperante, ke la bildoj ŝokos ilin, ke la mizera volupto de sinlaŭda malaprobo helpos ilin senti sin gravaj. Ili ĉirkaŭpromenis la galerion kaj eksplodetis per diversaj krietoj de «Fatraso!», «Dekadenca!», «Sensenca!», «Kiel maldeca!», «Nur ŝutitaj koloroj!» kaj tiel plu. La viro ne kapablis eĉ regi sian salivon dum la diroj. La virino unufoje faris pli longan komenton: «Ne mirinde, ke la nuntempa junularo estas tiel senvalora, kiam oni prezentas al ĝi tiajn maldecaĵojn kiel arton.» Kaj kiam ili atingis *Ekscititino*, subite la virino per sia ombrelo pikis kaj ŝiris la bildon. La viro penis deteni ŝin: «Edito, mi petas vin, ni ne havu melodramon — Edito, la ĵurnaloj!»

Sed la bildo, en kiun Leo metis sian ardan estimon al la virina korpo kaj amcelado, estis jam terure vundita. Per ia subkonscia malamego kontraŭ ĉiu ino plezurkapabla, la atakintino ŝiris la bildon ĝuste tra tiu regiono, kie tiaj plezuroj kresĉendas. Por la unua fojo, la bildo vere aspektis pornografia.

Oni kondukis la geedzojn al la kontoro; la viro forte defendis sian edzinon, dirante, ke kvankam li mem estus pli rigore obeinta al la leĝoj, tamen li esence aprobas la agon de virta virino, kies konscienco pelis ŝin al tia protesto kontraŭ dekadenca moderna arto. Oni ankaŭ rapide portis la bildon al la sama kontoro. Leo jam vidis la epizodon, kaj, kun kolerotremoj kaj naŭzosento, rapide obeis al la urĝa alvoko de la malfeliĉa kuratoro.

«Ne,» li respondis post la necesa demando, «ne, mi tute ne volas procesi kontraŭ la sinjorino. Se ŝi vere kredas laŭ konscienco, ke estas morala devo detrui la multmonatan laboron de alia homo, kies celon ŝi tiel videble ne komprenas, proceso kaj kompensa monpuno nur humiligos ŝin kaj neniel modifos ŝiajn opiniojn. Senutile! Mi petas vin, lasu ŝin iri hejmen, la kompatindan.»

«Tre bonkore viaparte,» diris la kuratoro. «Mi havas tamen la malagrablan devon averti vin, ke, se vi ne procesos kontraŭ la sinjorino, vi ankaŭ ne povos — laŭ nia kontrakto — ricevi vian kompenson de la asekura kompanio.»

«Ni do lasu la aferon!» petis Leo lace. «Mi forportos la bildon, se vi bonvolos elkadrigi kaj paki ĝin, kaj iam mi faros kopion. Mi ne volas perdi miajn mensajn energiojn inter juraj tedaĵoj. Kaj mi ja scias, ke multaj homoj aprobos ŝian agon. Mi ankaŭ ne havas tempon por enprofundiĝi en psikanalizajn klarigojn.»

Finfine la tre ĝenita kuratoro lasis la geedzojn iri for,

konsilante al ili, ke ili danku la grandanimecon de la artisto. Ili foriris, silentaj en eĉ pli profunda nekompreno. Ili vidis modernan artiston, kaj li estas homo, sen barbo, bone lavita, taŭge vestita por publika ejo, kaj nek sakras nek eksplodas en gestoplena furiozo. Ili dum la tuta vivo preskaŭ obsede ĉasis siajn proprajn rajtojn pri mono, graveco, tempo, ĉio; kaj la artisto parolis pri mona kompenso, eble timige granda kompenso, kvazaŭ pri io, kio ne valoras la tedaĵojn. Kompreneble ili iasence eĉ pli malestimis lin, ĉar li ne konas la valoron de mono; sed li estigis en ili multajn dubojn kaj etajn konfliktojn.

Nur kiam li staris sola antaŭ la kuratoro, Leo mallaŭte diris:

«Estas nenio, ke unu el miaj bildoj difektiĝis. Mi povos fari pli bonajn; tiun ĉi mi ankaŭ povos kopii. Sed ke iu ... ke iu homo ... deziris detrui ĝin ... tio estas io ...»

Kaj li foriris, sed kun portempe detruita krekapablo.

Li jam centfoje ripetadis en la menso tiun absurdan drameton. Li perfekte sciis, objektive, ke li trogravigas la epizodon, kaj ke homoj duonvivaj kaj esence kontraŭvivaj devas, laŭ kvazaŭ biologiaj leĝoj, timi kaj malŝati eksperimentan kreadon; ke komunikado eĉ pervorta kaj eĉ inter homoj saminteligentaj kaj similmediaj ofte fiaskas. Tamen, liaj nervsistemo kaj subkonscia menso ne respondis obee al la racia menso.

Ideo trafulmis lian kapon kaj dum momento tre plaĉis al li: li faru bildon pri tiuj du homoj, kaj en ĝi li enmetu sian ĉagrenon kaj malamon. Li portretu iliajn spiritojn, senkompate, iom karikature ... Jes! Li eĉ leviĝis, elektis paperpecon, ekdesegnis. Sed la fortiĝantan tajdon de malamo-naŭzo, kiu plenigis lin, li rapide rekonis kiel ion malutilan. Artverko ne estu vomaĵo de la spirito: tia malamo stultigas nin kaj malakrigas niajn perceptojn. Leo decidis, ke li faros promenon: li iros inter arboj kaj herboj, spiros puran aeron, kaj eble resaniĝos. Li surmetis pli fortajn ŝuojn, ĉifis la paperpecon kaj ĵetis ĝin en la korbon, kaj eliris.

En la apuda arbareto, Leo iom pli interne kaj reale komencis percepti la negravecon de tiu malagrabla epizodo; li rigardis supren kaj vidis tiujn trabrilitajn smeraldajn volbojn, kiujn li amis ekde la infanaj jaroj. Li vidis saltantan grizan sciuron, vivoplenan de la nazpinto ĝis la pinto de la plumeca vosto; kaj li ridetis. Li admiris la individuecon de agariko kaj la juvelecon de malgranda koleoptero. Tiel li komencis reaktivigi amon en si mem.

Li decidis daŭre iri, trans la vojon kaj la fervojon, paralelajn, al la dua parto de la arbaro. Jen bona vivo, sana vivo, rilato kun daŭraj realaĵoj.

Li transiris la sentrafikan kamparan vojon, sed paŭzis ĉe la lignopordeto antaŭ la fervojo: li aŭdis ian vagonaron. Jes: dekstre: ekspresvagonaro venas rapide. Li atendu dum momento.

La ekspresvagonaro alproksimiĝis, muĝante, kriĉante, en fiera rapideco verŝajne nehaltigebla; kaj sammomente formo virina, en somera robo blanka kaj purpura, leviĝis el la longaj herboj. Ŝia momento de tremanta timhezito savis ŝin. En la daŭro de nur sekundo, ŝi faris sian decidon, ŝi ĵetis sin antaŭ la muĝantajn tunojn da metalo, kaj Leo, senpense heroa, ĵetis sin de la alia flanko de la fervojo, batis ŝin malantaŭen kaj teren kaj falis peze, senspirige, preskaŭ sur tiun senspiran junan korpon.

La lokomotivestro mem ne klare perceptis, kio okazis. Li malakcelis; sed, elrigardante, li vidis nur du gehomojn, kiuj kuŝis inter la longaj herboj. Ne estis malofta spektaklo dum someraj posttagmezoj. Li decidis, ke ia trompo optika erarigis lin; kaj la ekspresvagonaro muĝis for.

La sekvanta silento kampara estis dum momento preskaŭ same konsterna, kiel la pasinta bruego. Finfine Leo sukcesis ekregi la frostotremojn, kiuj klakigis liajn dentojn kaj malebligis paroladon, ekkapablis senti la akrajn herbaĵojn, kiuj pikis liajn vangojn, kaj levis sin en sidan pozicion. La savitino ankoraŭ kuŝis. Deksesjara, eble deksepjara, eble iom pli juna, aŭ maljuna ... viriniĝintino, ne bela. Iom tro grasa; kelkaj etaj aknoj; senorda bruna hararo; tamen la vivmiraklo vibris ĉie, ĉe la okulharoj, ĉe la manoj, ĉe la malpuretaj piedfingroj en sandaloj, ĉe la rondaĵoj de la juna korpo kaj la loboj de la oreloj.

Ĉu konscia? Jes: ŝi malfermis la okulojn kaj Leo vidis la komplikajn juvelojn verdblugrizajn, kun absoluta mallumo ĉe la centro. Ŝi ege ruĝiĝis. Li sciis, ke ŝi atendas riproĉojn; li ankaŭ sciis, ke riproĉoj nur repruvus al ŝi la nekomprenemon de la plenkreskuloj, kaj ne utilus. Li ankaŭ ne sentis inklinon riproĉi ŝin; li konis dum sia vivo multajn fortajn emociojn, kaj neniam forgesis la perversan logikon de sinmortigemo. Ke li ĵus riskis la vivon jam ŝajnis relative negrave. Li ne volis ŝarĝi ŝin per dankemo. Li vivis.

«Ne urĝas,» li diris afable. «Malstreĉiĝu. Baldaŭ vi sentos vin iom pli trankvila.»

Ŝiaj okuloj malsekiĝis. Ŝi daŭre kuŝadis, ĝis la ĝeno de larmoj en la nazo estis tro. Tiam ŝi eksidis, serĉis poŝtuketon, kaj iom brue purigis la nazon.

«Mi deziris morti,» ŝi komentis; kaj Leo kun ĝojo rimarkis, ke jam ia nuanco de miro troviĝis en tiu ĉi frazo.

«Povas okazi,» li komentis. «Nu, mi donis al vi okazon pensi duan fojon. Estas sufiĉe grava decido.»

«Vi ... estus povinta ... mem morti. Mi ne deziris tion. Mi ne rajtis mortigi alian. Mi petas vin, kredu, ke mi supozis min tute

13

sola. Mi vere petas vin, kredu tion!»

«Jes, jes. Kompreneble. Vi ne estas tiu tipo, kiu trenus alian kun vi sub la radojn. Tamen, ŝajnas, ke estus bedaŭrinde morti, kiam ankoraŭ restas tempo por trovi pli kontentigan vivon.»

Li paŭzis. La sentemo de viriniĝintino, ne plu knabino, ankoraŭ ne rekonita virino, estas io neproporcia, timige komplika, vivavida, mortsoifa, nebuleca kaj anguloplena; ia paradoksoplena evoluigilo, kiu efikas plej bone kiel suferaparato.

«Ĉu vi vere kredas, ke feliĉo povas ekzisti? Eĉ por mi?»

Tio ne estis la momento, por esplori la semantikon de feliĉo aŭ maturulece klarigi, ke feliĉo estas afero de vivopartoj, procentoj, relativeco. Leo diris nur:

«Jes, certe. Mi perfekte certas, ke vi kapablas iam iĝi feliĉa.»

Li paŭzis denove.

«Mia patro ofte diras,» ŝi mallaŭte komentis, «ke mi devus esti treege feliĉa, kontenta kaj dankema, ĉar mi nun travivas la plej bonajn jarojn de mia vivo. Li diras, ke li mem volonte estus denove deksesjara, sen laboro, sen respondecoj.»

«Ĉu vi iam proponis al li, ke li provu denove la tutan ĝojon de juneco? — korpon, kiun li multrilate ankoraŭ ne bone regas, devon klarigi, kien li iras, devon respekti tiujn, kiuj neniel meritas lian respekton sed postulas ĝin nur ĉar ili fuŝadis la vivon dum pli da jaroj? Vi demandu lin pri tio! Aŭ demandu lin, ĉu li vere dezirus reiri en la belan epokon, kiam lia patro estis pli potenca ol li kaj rajtis minaci lin? — Ne, kara mia; pli saĝe ne demandu al li. Tiam mi ne apudestos, por savi vin!»

Ŝi subite ridetis; la rideto multe plibeligis la nebelan junan vizaĝon. Leo sentis, ke, montrante sin kiel aliancanon, ne kiel aŭtomate malaprobantan plenkreskulon, li iom gajnis ŝian fidon. Kiel multaj artistoj, li havis pri siaj propraj junaj jaroj memorojn tre vivajn, eble eĉ troigajn, sed al la mensa evoluo ankoraŭ gravajn.

«Nu,» proponis Leo, iom pli afereme, «ĉu vi volas kombi la hararon, iri hejmen kaj diri, ke vi promenetis sur la kampoj, aŭ ĉu vi deziras diri al mi, kial vi estas tiel malfeliĉa? Mi ne volas enŝovi seninvite mian nazon. Vi ne konas min, nek mi vin. Tamen — ĉu eble estos io, pri kio alia persono povus iom helpi?»

«Mi neniam antaŭe renkontis plenkreskulon, kiu parolis kiel vi.»

«Vi neniam renkontis min antaŭe. Nu, mia nomo estas Leo. Ne gravas pri la alia. Kaj kio estas via nomo?»

«Cecilia.»

«Bone. — Ĉarma nomo, fakte. Sonas iomete blue kaj brilblanke.»

Cecilia larĝigis la okulojn.

«Mi ... mi kredas, ke mi agis tre malsaĝe ... pri la vagonaro. Kaj mi tre dankas vin. Strange, mi mem ĉiam deziris riski mian vivon por iu ... mi multe revis kaj rakontis al mi historiojn pri tiu temo ... sed tiam iu venas, kaj riskas sian vivon por mi.»

«Ho, jen la vivo! Revoj ofte plenumiĝas, sed tre malofte laŭ la unua formo! ... Nu, Cecilia, kial vi almenaŭ dum tempeto volis forigi vin el la mondo — eĉ dum sunradia tago?»

«Ho, nun ŝajnas tuta miksaĵo kaj konfuzo. Paĉjo ne ŝatas min, kaj Panjo ne ŝatas min, kaj nenio, kion mi faras estas taŭga aŭ saĝa aŭ ĝuste farita, kaj ili kritikadas min dum la tuta tago, kaj mia frato du jarojn pli aĝa kredas sin mia dua patro, kaj ankaŭ li konstante diraĉadas al mi, kiel mi devus vivi kaj kion mi devus fari kaj kio mi devus esti. Kaj post kelkaj monatoj mi jam iros al kolegio, sed Paĉjo diras, ke tie la manĝoj estos malbonaj kaj mi konstante sopirados al la patrina kuirado, kaj estos multaj tre rigoraj reguloj kaj estos kvazaŭ kazerno, kaj tiam mi deziros esti denove en mia bona hejmo ...»

Ŝi paŭzis por enspiri.

«Mi tre dubas, ĉu nuntempaj kolegioj estas tiaj. Sed en tia domo vi certe almenaŭ trovos bonajn amikinojn, eble ankaŭ kontaktos amikojn.»

«Ĉu vi vere kredas tion, Leo?»

«Mi certas pri tio ... almenaŭ laŭ ĉio, kion mi mem iam aŭdis pri kolegioj, universitatoj kaj tiel plu. Sed Cecilia ... tiuj ĉi ĝenoj, konfliktoj inter la generacioj, etaj ĉiutagaj humiligoj ... ili estas ja tre malagrablaj, kaj mi malpli mirus, se vi simple forkurus el la hejmo ... kvankam tion mi ne konsilus ... sed kial vi volis vin mortigi? Aŭ ĉu estis nur momenta impulso?»

«Mmm — jes, kredeble nur momenta impulso tre malsaĝa. Ĉu vi iam sentis ion similan?»

«Ho, jes, multfoje.»

«Tamen vi vivas.»

«Jes, mi vivas. Sed mi dubas, ĉu ekzistas iu ajn homo en la mondo, kiu neniam dum la vivo demandis sin, ĉu estus pli saĝe eksiĝi el la tuta problemaro. Sed, ordinare, estas pli interese turni la paĝon ... Kaj, Cecilia, mi tute ne neas, ke vi estas reale malfeliĉa; tiuj nebulaj malfeliĉosentoj estas tre realaj, sed vi ne estas blinda, aŭ surdmuta, aŭ kripla; vi ne havas progresantan paralizon, aŭ kanceron, aŭ lepron; vi estas ankaŭ mense sana ...»

«Paĉjo ofte diras, ke mi estas nepre freneza.»

«Sed tio estas nur koleresprimo. Via patro ne estas psikiatro, ĉu?»

«Ne, li estas statistikisto.»

«Do, li ne povas kalkuli la reagojn de via cerbo! Nu, mi ne intencas prediki al vi, Cecilia, ke vi kalkulu viajn feliĉaĵojn; ĉiu povas regi doloron, escepte de tiu, kiu ĝin havas; sed, kiom ajn da realaj kaŭzoj vi havas por senti vin malfeliĉa, ĉu vere vi havas kaŭzon por jam senesperiĝi?»

«Mi supozas, ke ne. Sed oni devas tiel longe vivi malbone, ĝis oni havas iujn ajn rajtojn!»

«Vi scias pri almenaŭ iaspeca aranĝita estonteco ... vi ... nu, ne temas pri ... infano? ĉantaĝo? ia publika skandalo, ĉu?»

«Ho, ne!»

«Nu bone. Kaj mi pravas, ĉu, kredante vin normale sana?»

«Mi supozas, ke jes. Sed mi ne scias, kio estas kun mi, kio igas min tiel stulta kaj malfeliĉa.»

«Kaj vi ne estas mizere malriĉa — ne mankas al vi manĝoj, loĝejo, vestaĵoj?»

«Ne — ni ne estas riĉaj, sed ni havas sufiĉon. Paĉjo eĉ donas al mi poŝmonon, kvankam li ŝajne domaĝas ĝin, kaj ĉiusemajne diras, ke mi elspezas ĝin tute idiotece.» Ŝi hezitis. «Kaj eble Paĉjo pravas. Mi tre deziras beligi min — se eble.» Ŝi hezitis denove. «Nu, vi pravas: mi ne havas ian veran tragedion. Kaj tamen la vivo estas tiel teda kaj malagrabla, kaj neniu ŝatas min.» Ŝiaj okuloj subite pleniĝis de larmoj. «Pardonu min; estas stulte plori.»

«Kial? Estas tute saĝe plori, se vere vi sentas la bezonon plori.»

«?» ŝi gruntetis.

«Nu, se vere vi sentus bezonon kombi la hararon de via patro per hakilo, estus malsaĝe fari tion. Sed kiel viaj larmoj malbonfarus al iu ajn? Estas pli saĝe, mia kara, malŝarĝi vin kaj poste iri al la sekvanta parto de la tagordo. Mi neniam komprenos, kial edukistoj koleras antaŭ larmoj, kisoj aŭ eĉ intensa amikeco, kaj ofte volas forigi el ni la amkapablon, dum ili apenaŭ ĝenas sin pri nia malamkapablo. Estas la nesentemaj personoj kaj la malmolkoruloj, kiuj timigas min. Sed mi tro parolas. Cecilia, mi kredas, ke, inter la multaj etaj malagrablaĵoj de via vivo, io speciala enŝaltis vian subitan deziron perei. Ĉu estis ia kverelo en la hejmo?»

«Ne, ne speciala kverelo, ne pli ol ordinare ... ne, mi vere ne scias, kial mi sentis min tiel senespere malfeliĉa. Supozeble mi nur estis tre malsaĝa.»

Leo ŝultrotiretis kaj atendis. Post longa silento, Cecilia denove parolis.

«Mi ne scias, kial mi povas paroli kun vi.»

«Nu, eble simple, ĉar vi ne konas min kaj mi havas nenian rajton juĝi vin.»

«Mi ... mi apenaŭ povas mem kredi ... ŝajnas tiel terure ... sed mi kredas, ke mi sentis min multe pli malfeliĉa, ĉar mia kuzino Manjo ĵus fianĉiniĝis. Ŝi skribis al Panjo leteron, plenan de amo kaj fianĉo kaj kiel feliĉa ŝi estas — kaj Paĉjo kaj Panjo ambaŭ skribas al ŝi, kiel kontentaj ili estas, kiel ili bondeziras al ŝi; kaj ili diskutas pri donaco. Kiaj hipokrituloj!» ŝi eksplodctis subite. Ŝi ruĝiĝis kaj denove eksilentis. Leo jam bone komprenis tion, kion la junulino subdiris; sed ŝi serĉis ian klarigon.

«Kaj mi scias, mi scias, ke ili ne ŝatas amon kaj feliĉon. Se mi eĉ parolas ĉe la pordo kun knabo, mi estas eta stultulino, mi montras, ke mi ne scias kiel konduti. Kaj mi ne havas veran knabamikon. Kaj se mi havus al mi, ili ne dirus dolĉajn vortojn. Ili farus ĉion eblan, por malhelpi nian feliĉon. Ili *ne* ŝatas feliĉon! Vi devus aŭdi, kiel ili parolas pri la aliaj junulinoj ĉi tie, kiuj estas pli belaj ol mi kaj jam havas knabamikojn. Ili diras tiel malbonajn vortojn pri ili — kaj mi ... mi ... mi tiel enviegas tiujn belajn knabinojn! Mi farus ion ajn por esti sama kiel ili!»

La naiveco de la junulino, kiel ajn ridinda, tamen kortuŝis la artiston. La nesperta, nematura korpo estis batalkampo por ne koheraj deziroj. Kaj Leo bone sciis, ke kvankam ŝi estas tiel nematura, neekvilibra kaj senkulpe egoisma, tamen ŝi fakte alfrontas realan enigmon en la intergeneracia konflikto. Li silente proponis sian pli adekvatan poŝtukon.

«Dankon.»

Li forte suspektis, ke la gepatroj fakte amas ŝin. Sed komprenigi al ŝi tiutempe ilian vidpunkton, probable ne pli saĝan ol la ŝia kaj mem fontantan same el instinktoj ne komprenitaj kaj praaj emocioj, ŝajnis al li neeble; la provo estus kruela kaj iasence nejusta. Li volis iel konsoli la junulinon, doni al ŝi iun senton pri homa solidareco kaj pri ia pli signifa, bela estonteco. Sed li ne volis tro ataki la gepatrojn, kiujn li ne konis. Ili, ŝi, li mem, la virino, kiu difektis la bildon, edukistoj, ĉiuj, estis parte viktimoj de aliaj, de socio, de la kontraŭama mensopesto, kiun nur kelkaj kuraĝas eĉ percepti.

«Cecilia! Mi timas, ke mi estas multe tro aĝa por proponi min kiel knabamikon.» Ŝia subita mallonga rido, kvankam ne flata, plaĉis al li. «Nu, mi estas jam kvindekdujara. Monstro de maljuneco, ĉu ne?»

«Sed — vi ne apartenas al Ili.»

«Vi pravas! mi ja ne apartenas al Ili. Kaj ankaŭ, mi jam havas edzinon, kiun mi tre amas. Nun ŝi prelegas en Japanujo.» Li ne aldonis «pri mi»; li volis esti por ŝi simpatia homo, ne eminentulo. «Sed mi rajtas proponi min al vi kiel ĝentlemanan akompananton. Ĉu ni iru al mia dometo, trinku teon kaj manĝu torton, kaj poste vi povos lavi vin kaj iri hejmen, kvazaŭ nenio speciala okazis ...? Se via patrino iam avertis vin, ke vi ne iru ien kun nekonataj viroj, ŝi fakte pravis, ĝenerale. Ekzistas kelkaj ruzaj kaj kruelaj friponoj. Mi povas nur esperi, ke vi fidas al mi.»

Li leviĝis kaj proponis al ŝi la manon. Ŝi akceptis, leviĝis.

«Kaj, ĉiuokaze, vi nepre povas kuri multe pli rapide ol mi!»

Ŝi ridis denove. Ili ekiris tra la arbaro.

«Cecilia, ĉu vi iam rimarkis la verdajn volbojn, se vi rigardas arbojn de malsupre?»

«Ne.» Ŝi rigardis; kaj nova plezuro lumigis ŝiajn okulojn.

«Vidu!» li diris poste. «Sciuro!»

Ŝi ridis kaj eklumis denove.

«Mi kredis, ke plenkreskuloj ne plu vidas tiajn aferojn, ke estas nur stulte ...»

«Multaj homoj frue metas la okulojn en la poŝon. Sed ne necesas.»

Ili baldaŭ atingis la domon. Leo gvidis la junulinon al la saloneto, en kiu kelkaj belartaj fakgazetoj kaj du bonaj bildoj estis la solaj indikiloj pri liaj interesoj. Li preparis teon kaj alportis torton, kuketojn, biskvitojn kaj fruktojn. Post taso da teo, Cecilia aspektis iom pli bonfarta.

Subita impulso pikis Leon. Li forte deziris paperon. Desegnopapero ne troviĝis en la ĉambro; sed el la tirkesto de la skribotableto li prenis bloketon da ordinara leterpapero. Babilante pri sia studenta vivo, iom amuzante la knabinon, li ekskizis. Per kelkaj linioj, dum kelkaj minutoj nur, li skizis portreton de Cecilia, simplan konvencian portreton, tre milde flatan. Li sciis, ke pri unu bildo, la propra portreto, preskaŭ ĉiu homo sentas intereson; kaj ideoj komencis flori denove en lia menso.

«Ho!» krietis Cecilia, kiam li subite deŝiris la bildon kaj proponis ĝin al ŝi. «Ho, kiel lerta vi devas esti! Nur dum mi manĝis unu kuketon! Ho, mi volus esti same lerta kiel vi!»

«Sed vi estas pri io alia certe pli kompetenta ol mi; ĉu vi bone kudras?»

«Mm, mezbone. Mi antaŭ nelonge brodis por mi bluzon.»

«Do, eble mi uzas krajonon, kvazaŭ ĝi estus kudrilo; sed mi certigas al vi, ke mi uzas kudrilon ... nu, kvazaŭ ĝi estus krajono.» Li reprenis la portreton, rigardis ĝin, redonis ĝin.

«Ĉu la portreto plaĉas al vi, Cecilia?»

«Ho, jes, tre.»

«Mi ĝojas. Mi mem ne estas kontenta pri ĝi.»

«Sed vi, verŝajne, havas pli severajn kriteriojn. Mi ne scias desegni.»

«Jes, supozeble ... sed temas pri mia metodo. Ĉu vi komprenas min, kiam mi diras, ke tiu ĉi portreto ŝajnas al mi beletaĉa?»

«Beletaĉa?!» Cecilia sulkis sian nazeton pri tiu paradoksa vorto. «Bel ... et ... aĉa?» Dum ŝi ankoraŭ pripensis tiun novan ideon, Leo per minimuma liniaro denove skizis ŝin, kun larĝaj okuloj, sulkita nazeto kaj la buŝo tre malgrande malfermita: knabinon, konsiderantan ion. Estis brila rapida karikaturo, tre vivoplena, tute sen mokemo, sed simpatie kunridema. Li deŝiris la folion kaj ĵetis ĝin sur ŝiajn genuojn. Post ekrigardo, ŝi tuj ridis trile.

«Hej! mi komprenas vian "beletaĉa" — tiu bildo kun moviĝemo estas multe pli mi. Miaj amikinoj tre ŝatus ĝin! La alia ... nu, mi tre ŝatas la alian, sed ... sed ... mi ne scias, kiel diri ...»

«Ĝi igas vin duaranga filmstelino, io por la kovrilo de modgazeto; sed tiu ĉi skizeto igas vin homo, interesa kaj simpatia homo.»

«Je — es. Ĉu vi longe ekzercadis vin, por iĝi tiel eksterordinare lerta?»

«Jes, mi longe ekzercadis min. Ĉu tiu ĉi skizado interesas vin?»

«Jes, ĝi tre interesas min. Mi petas vin, skizu ion alian.»

Leo translokiĝis, por sidiĝi tute flanke de ŝi. Sur unu paperfolio, tuj, antaŭ ŝiaj okuloj, li kreis miniaturajn karikaturojn: kuniklon kun laktukfolio; katon, kiu proponis vendotajn haringojn; vespon, kiu duelis kontraŭ kakto; pastron, kiu per nigraj flugiloj alvenis al pastronesto por manĝigi siajn bekhavantajn pastridojn; kaj ŝraŭbturnilan arbon. Cecilia pli kaj pli miris kaj ridis.

«Nun mi montros al vi, kiel mi vere emas skizi,» Leo diris. Translokiĝinte denove, por sidi kontraŭ ŝi, li eklaboris denove, dum Cecilia daŭre admiris la spritajn karikaturojn kaj penis kompreni, kiamaniere malmultaj linioj tiel adekvate bildigas ion.

Baldaŭ li donis al ŝi paperfolion.

«Tia vi sentis vin, hodiaŭ, antaŭ eble du horoj,» li diris.

La krajona skizo ne havis la komplikecon kaj riĉajn detalojn de liaj pentraĵoj, sed ĝi estis la unua kruda antaŭskizo por lia nun renoma *Senespero*. Iu, strange rekonebla kiel Cecilia, kvankam la tuta vizaĝo kaj korpo fendiĝis en multaj disfalontaj kristaloj, kvankam la hararo iĝis iaspeca elektra ŝtormo, kvankam la distordita virina formo flugis en la arka pozo de histeria konvulsio, ĵetis sin antaŭ lokomotivon. La lampoj de la lokomotivo estis tiel emfazitaj, ke la skizo sugestis tie malaprobantan, disciplineman vizaĝon de patro aŭ pedagogo; kaj la maŝinego havis ŝaŭmsalivantan, avidan buŝon. Leo mem ne estis kontenta pri la ekvilibro de linioj, per kiu li deziris sugesti, ke vivavido kontraŭtiris spitante la mortsopiron. Poste li multe plifortigis tiun detalon, same kiel li trovis pli bonan aranĝon de la fingroj. Sed jam Cecilia rekonis la intencon, kvankam ŝi ne kapablis envortigi sian percepton. Ŝi miris. La gepatroj, kaj onklino Sonjo, kaj la artinstruistino ĉe la lernejo, ĉiam insistis al ŝi, ke tiaj bildoj estas nur stultaĵoj. Sed la paperfolio, sur kiu ŝi lasis fali larmon, ja signifis ion — por ŝi.

«Jes!» ŝi krietis. «Jes! Ĝuste tiel mi estis, tute en akraj eĝoj.» Poste ŝi aldonis, iom pli obee al konvencioj: «Kiel stulte.»

Ŝi daŭre rigardis la bildon. «Jes, mi sentis min ĝuste tiel ... ĝuste tiel ... Kiel vi scias? Estas kvazaŭ vi sidus interne de mi.»

Post tempeto, li transdonis al ŝi duan folion.

«Proksimume tia vi nun estas. Nun vi memoras, ke vi havas menson kaj okulojn, kaj ke estas tre interese kaj amuze havi menson kaj okulojn. Ĉu ne?»

La bildo montris pli realisman Cecilian, kies fluantaj kurblinioj sugestis malstreĉiĝon kaj kontenton. Sed la milde troigitaj fingroj, buŝo, nazo, okulharoj, oreloj, hararo, kaj eĉ mamoj sugestis ian strebadon eksteren, ian vivoplenan burĝonemon. Tiu vivema Cecilia staris en marĝenomondo plena de bestetoj, brançoj, floroj, konstruaĵoj, insektoj kaj steloj, dum ŝiaj piedoj iris al sugestita ponto.

«Be!» krietis Cecilia. «Kian menson vi havas!» Ŝi ridetis, eĉ trile ridis; sed Leo kredis, ke ŝi kaptis la esencan seriozecon de la komiketa bildo, kiu, post multaj monatoj, iĝis lia *Vivprintempo*.

«Nu, ne mortigu vin for de tia riĉeco. Ĉu mi provu profeti? Mi sentas min skizema hodiaŭ, kaj mi volas desegni por vi kelkajn estontajn Ceciliajn. — Sed vere, tiu ĉi krajono taŭgas por butikumaj listoj — ĝi estas tro malmola. Momenton, dum mi trovu pli bonajn ilojn. Vi scias, kiel estus, brodi per kudrilo destinita al sak-kudrado! Prenu alian kukon, se vi volas.»

Dum lia mallonga foresto, Cecilia mem prenis la mallaŭditan krajonon kaj penis skizi. Ŝi volis skizi Leon. Ĉio aspektis tiel facila, kiam li desegnis ion ajn; sed, kiel dum la tuta vivo, la krajono ne obeis al ŝiaj mensaj bildoj. Strange. Ŝi ankoraŭ fuŝprovadis, kun elmetita langopinteto, kiam Leo revenis kun tri-kvar krajonoj de diversaj molecoj; ŝi ruĝiĝis.

«Ho, do, vi provas: bonege. Estas tiel amuze, uzi siajn okulojn! Eĉ se oni ne sukcesas,» li daŭrigis, kiam ŝi rapide ĉifis sian folion kaj ĵetis ĝin en la paperkorbon, «ne estas la sukceso, kiu plej gravas.»

Li sidiĝis kaj ekskizis denove, ĉi-foje kun multaj paŭzoj por rerigardi ŝin, ĉar li faris vidan traduklaboron.

«Ĉu vi scias,» Cecilia demandis, «kiel kelkaj homoj povas desegni tre bone, kelkaj fuŝe, kaj kelkaj eĉ tute ne kapablas desegni?»

«Ne. Kiam mi estis knabeto, mi neniam komprenis, kial aliaj en la infanlernejoj desegnis tiel stulte. Sed poste mi ekkomprenis, ke tiu fuŝado ne estis malobeemo, sed vera nekapablo. Oni diras, ke granda parto de aparta muzika talento konsistas el speciala sentkapablo de la oreloj. Sed ĉu tia ĉi arta lerteco konsistas grandparte el speciala perceptemo de la okuloj, mi tutsincere ne scias. Mi suspektas, ke la plimulto da homoj tre malofte vere rigardas ion.»

«Vi pravas pri tio. Mi multe pli rigardis hodiaŭ, ol dum multaj jaroj. Eble mi pli rigardis, kiam mi estis malgranda infano. Tiam mi havis pli da tempo. Sed ofte malplaĉas al plenkreskuloj, ke infano vere kun intereso rigardas ion atente. Ĉu vi rimarkis tion?»

«Jes. Eble ili domaĝis al ĝi tion, kion ili jam perdis. — Jen vi, Cecilia, post tri-kvar jaroj.»

La junulino memfida kaj digna, kun ia rulaĵo — diplomo — en la mano — estis nedubeble Cecilia. Samis la ostostrukturo; la trajtoj nur iomete maturiĝis; sed la mieno montris pretecon je la vivo kaj senton pri propra valoro. Sur la leĝere indikita herbo sidis serena tigro, kies kapon ŝia alia mano glatigis, kaj super la kapo de Cecilia ŝvebis kolombo.

«Kial la tigro?» demandis Cecilia.

Leo levis sian kapon de la skizo, kiun li jam komencis.

«Tiam vi pli bone komprenos kaj tial pli bone regos viajn instinktojn kaj pasiojn. Reale regos; ne nur suferante kaŝos por plaĉi al aliaj. Kaj tiam ili estos por vi io bela, nobla, riĉiga. Sed mi ne povis meti ĉion ĉi en vian kapon; mi do skizis la tigron ekster vi. Kaj la kolombon, ĉar vi estas amata filino de Dio, kiel ni ĉiuj estas amataj gefiloj — sed, mia kara, ne petu, ke mi klarigu tion.»

«Ĉu do vi estas religiema? Kiam *Ili* parolas pri Dio, ili ordinare estas koleraj kontraŭ iu.»

«Mi sufokiĝus en preĝejo. Sed mi scias, ke la kosmo estas pli granda ol mi povus klarigi. Ankaŭ, ke, kvankam ekzistas milionoj da brilantaj mondoj, homoj tre gravas. Eĉ se nur al si mem. Sed tion mi devas lasi. Mi ne emas rezoni. Mi pensas per simboloj kaj mi preĝas per bildoj. Sed pri tiu temo de plenkreskuloj, al kiuj iasence malplaĉas, ke infano kun vera atento vere rigardu ion: ĉu vi iam demandis vin, kial, eble, ili tiel ofte malŝatas intensan atentadon?»

«Ne, mi ofte pensis, ke simple malplaĉas al ili, ke iu juna ĝuu ion; sed tie mi espereble pensas maljuste.»

«Jes ja, tie vi pensas maljuste, ĉar tro subjektive. Homoj vere malicaj malofte troviĝas. Sed, se ni vere rigardas ion atente, ni ofte komencas ami ĝin. Eĉ ion, kio laŭ la unua vido ŝajnis malbela, eble: bufon, limakon, koleopteron, kriplulon aŭ groteskan vizaĝon.»

«Je — — es.»

«Kaj amo povas esti danĝera. Ĝi modifas la vivon. Mi dirus, ke ĝi lumigas la vivon; sed ne ĉiuj sentas same. Multaj homoj detruas siajn proprajn sentojn kaj ĝojojn. Oni permesas aŭ aprobas amon iom hezite. Malamon oni forte kuraĝigas, kondiĉe ke oni povas nomi ĝin patriotismo, aŭ raspureco, aŭ moraleco, aŭ sana disciplino, aŭ iu ajn el la preferataj vortoj ... Sed malfido, timo, eĉ mokemo, pri amo, nun troviĝas en la tuta strukturo de la socio. Ni estas malsanaj.»

«Vi estas tre bona kuracisto!»

«Volus esti. Sed mi neniam solvis la problemon: kiel sanigi tiujn, kiuj fieras pri malsano kaj volas malsanigi aliajn? Eble iu venonto pli bone laboros tiurilate ... Jen vi, iam, Cecilia; iam dum via estonteco.»

Leo ne skizis la vizaĝon de la amanto. Li skizis nur la manon, kiu subtenis ĉe la paperrando la kapon de Cecilia, kapon pli maturan, kun okuloj fermitaj, kun buŝo kisopreta, kun floroj en la hararo; kaj la alian viran manon, plikoneman, sur ŝia brusto. La videbla virino ekstaziĝis. La cetero de la bildo konsistis el eksterordinara fulmoŝtormo, kies elektraj sparkegoj iel disfaliĝis kiel ekzotikaj floroj pluvantaj.

Leo estis tro okupita super alia skizo, por vidi la larmojn en la okuloj de Cecilia.

«Ĉu ... ĉu vere tio ĉi ... povus esti mi?»

«Jes, certe. Atendu; mi daŭrigos vian historion, se vi volos ...»

«Jes ... jes ...» Ŝi estis kontenta, rigardante tiun noblan erotikan profetaĵon. Leo ne nur komprenis kaj kvazaŭ per ia sorĉo plenumis ŝiajn kaŝitajn sopirojn, sed per simpatio kaj sia feliĉaprobo forigis de ili ĉion malbelan, torditan, nesanan. Cecilia sentis nedifineblan dankemon.

«Nu ... jen la fino de la historio, almenaŭ de tiu ĉapitro, kiun ni nun povas antaŭvidi.»

La nova skizo kostis al Leo iom pli da tempo. Li iom sugestis la stilon de bizanca ikono, kaj ĉirkaŭ la bildo rapide faris kadron el geometriaj-naturaj ornamaĵoj. Sed la portreto mem estis iom stranga. Tri vizaĝliniaroj, komplekse intertavoligitaj, rigardis: rekte antaŭen, grandokule; flanken al la edzo, de kiu Leo skizis nur tri fingrojn, unu kun ringo; kaj malsupren al la pli realisma novnaskito. (En la konata bildo *Patrineco*, Leo faris tre komplikan intertavoligon ankaŭ de la nudaj mamoj; sed en tiu ĉi unua skizo Cecilia portis preskaŭ realisman robon. Lia unua impulso estis skizi ŝin mamnutrantan, sed li rapide decidis, ke, pro ŝia nesperteco, neperfekta ekvilibro kaj negativisma ĝistiama edukado, li devas ne riski ŝokon al ŝi.)

«Kiel str —» Cecilia komencis, kaj poste, rigardante pli atenteme, komencis kompreni, kion celis la trivizaĝeco. Inter la artisto kaj la vekiĝanta junulino estiĝis longa, sincera, tre bela silento. Poste Cecilia mallaŭte diris: «Dankon».

Sekvis alia simpatia silento, kiun interrompis peto tiel vigla, ke ĝi sonis preskaŭ kvazaŭ ordono:

«Leo — faru unu alian bildon! Faru unu alian bildon, kiu montras la finon, la veran finon, de la historio!» Ŝi paŭzis, poste aldonis: «Mi petas vin!»

La mano de Leo estis jam iom doloranta pro laceco; lia subita entuziasmo iom elĉerpis lin. Tamen, li reprenis krajonon.

«Vi scias, ĉu ne, ke historioj neniam vere finiĝas? Ni nur interrompas ilin ie.»

«Sed ni ĉiuj mortas.»

«Jes, sed ankaŭ tio ne estas fino de historio. Tamen vi sentas, ke via propra historio devas havi finon, kiel romano. Lasu min pensi.» Li skuis sian manon, restreĉante kaj malstreĉante la fingrojn. Cecilia ankoraŭ ne komprenis lian lacecon. Oni ne tro atendu de gejunuloj komprenon pri laceco. Tamen —

«Mi finos vian historion — sed, dume, vi povos forporti la

27

temanĝilaron kaj tiel plu. Vi trovos la kuirejon dekstre.»

Cecilia, videble volonte, remetis la temanĝilaron kaj manĝaĵojn sur la pleton kaj portis ilin en la kuirejon. Ŝi trovis la kuirejon bonorda, escepte, ke malpuraj pato, telero, trančilo, forko kaj pantelereto troviĝis en la lavotrogo. Kie troviĝis antaŭtuko? Cecilia ne vidis ion tian, sed aranĝis duan viŝtukon če la zono. Ŝi lavis kaj viŝis čion — ankaŭ la paton — kaj metis en la ĝustajn lokojn tiujn objektojn, kies ĝustajn lokojn ŝi povis facile trovi. Ŝi rimarkis kun viva plezuro la brilantan brunecon de tri grandaj bulboj en la legomujo.

«Mi lavis čion,» ŝi diris, revenante en la čambron, kie Leo ankoraŭ skizis.

«Ho, tre bone! Dankon! Tion mi ne intencis, sed koran dankon. Momenton — mi preskaŭ finis ĝin.»

«Jen unu fino por via historio,» li diris post mallonga tempo, donante al Cecilia la lastan skizon.

Ĝi estis intence misproporcia, sed tre okulfrapa bildo pri tratrančaĵo de la tero. Iomete sub la herbkovrita tersurfaco kuŝis surdorse la kadavro de iu aĝa Cecilia, malforte rekonebla, sed multe pli anonimeca kaj ĝenerala ol estis la aliaj bildoj. La manoj estis falditaj sur la brusto, en formala kadavra pozo. Kelkaj vermoj, ia putro, estis ne tro draste aŭ detale indikitaj. Kelkaj radikoj miksiĝis kun la putrantaj membroj; la radikoj iom similis al membroj kaj la membroj iom similis al radikoj. Sube, troviĝis diversaj roktavoloj, diagramitaj kiel en lernolibroj; sub la roktavoloj, flamanta lago simbolanta la terocentron. Penetris la tersurfacon, grimpis al la lumo diversaj arbetoj kaj florplantoj el la kadavro. El la kranio de Cecilia kreskis malgranda fruktarbo kun kelkaj brilegaj sed dubspecaj fruktoj. La arbetoj kaj plantoj estis tre vivantaj. Super la piedoj de Cecilia staris plenkreska Ceciliidino, kiu rigardis malsupren kaj faligis lilion sur la tombon; sed la nove starkapabla knabineto buklohara, kiu tenis la alian manon de sia panjo, jam deturnis la kapeton; tiu knabineto, simila al iu tre juna Cecilia, tute ĝoje rigardis birdeton. Tiu birdeto kantis sur branĉo de arbeto, kies radikoj miksis sin kun la piedfingroj putrantaj de la mortinta avino-Cecilia. La bildo estis tre detaloplena, kvankam Leo ne prezentis ĉiujn detalojn realisme.

Cecilia dum tempeto rigardis tiun bildon.

«Sed ne estas terure,» ŝi finfine diris. «Tute ne estas terure. Estas tiel, kiel devas esti. Tio ĉi estas mi, kaj tiu ĉi estas mia filino, kaj la infano estas mia nepino. Kaj mi iĝas parto de ĉio. Ne, ne estas terure aŭ eĉ bedaŭrinde.»

Ili sidis dum kelkaj minutoj en komuna silento.

«Mi ne povas diri,» Cecilia finfine komencis, «kion vi faris por mi hodiaŭ. Kaj mi ne povas danki vin ... mi eĉ ne provos. Kaj nun mi devas foriri, aŭ la gepatroj koleros. Ili scias, ke mi iris promeni sur la kampoj ... ili ne scias ion pli ... sed vere mi devas hejmeniri.»

«Kunportu la bildojn, se vi volas,» Leo proponis.

«Ho jes, mi tre volas. Mi — sed mi ne scias, kion fari. Se mi portos la bildojn hejmen, ili demandos, kie mi trovis ilin. Kaj baldaŭ ili scios, ke mi sidis en domo kun viro. Ili verŝajne preferus, ke mi estus min ĵetinta sub tiun lokomotivon.»

«Mi suspektas, ke vi juĝas ilin iom tro severe. Tamen, mi komprenas la malfacilaĵon.»

«Mi tute ne kuraĝos diri ion pri vi al ili. Ili neniam komprenus.»

«Nu — u. Eble vi pravas. Mi memoras, ke iu psikologo diris, ke sana homo devas ĉesigi sian nekonscian hipokritecon kaj estigi konscian hipokritecon, por ke li restu sana. Ni vivas ja en socio, kiu ne tre simpatias kun sano. Nu — u. Ha, mi scias: mi gardos la bildojn por vi, kaj iam mi sendos ilin al vi ĉe via kolegio.»

«Jes, jes! Bonege.» Ŝi skribis la adreson kaj daton.

«Mi ... mi ... ne, mi ne povas danki vin ...»

«Ne ĝenu vin. Fakte mi mem estis tiumomente sufiĉe deprimita, kaj mi sentas min multe pli gaja, ĉar mi helpis vin retrovi ian esperemon.»

Konversaciante ili iris al la pordo.

«Via hobio estis mirinda, kaj tre, tre helpis min,» diris Cecilia dum la adiaŭo. «Ho, vidu, kiel bele brilas la sunsubiraj nuboj!»

Cecilia iris hejmen, ne sciante, ke tiu, kiu savis ŝian vivon, estis laŭdita aŭ kalumniita en ĉiuj ĵurnaloj de Eŭropo kaj de multaj aliaj landoj. Sed survoje ŝi per novaj okuloj vidis heĝojn, herbfoliojn, ĝardenetojn, infanojn, diversajn vizaĝojn.

Kaj Leo, masaĝante lacan manon, sentis sin eĉ pli profunde kontenta; li estis denove pura kaj sana, kaj antaŭĝuis monatojn de vigla krea laboro.

2. EBRIVIRGECO

FRAŬLINO Emilio Krip, tridekkvinjara instruistino, glutis la lastajn gutojn el sia botelo de mineralakvo, bonorde aranĝis sian manĝilaron, formanĝis orfan panpeceton, pagis la kelneron kaj rapidis diskrete al la taŭga pordo por iom ordigi sin.

En la speguleto fraŭlino Krip vidis mildajn bluajn okulojn malantaŭ okulvitroj, paletan rondan vizaĝon. Ŝi senbriligis sian mallongan nazon kaj larĝan frunton per pudro, uzis sian tre palan lipfarbon, tiris kombileton tra la musbruna hararo …

Fraŭlino Krip reiris al la kolegio, kie okazis somera kurso pri franca lingvo kaj kulturo. Proksimume ducent geinstruistoj el pluraj landoj troviĝis tie. La kultura kurso estis bonega; fraŭlino Krip jam sendis bildkartojn kun entuziasmaj mesaĝoj al diversaj koleginoj. Veraj kleruloj, veraj spertuloj, gastprelegantoj eminentaj, filmoj, teatraĵoj, ekspozicio; kaj oni havis iom da libera tempo por butikumi, aŭ por manĝi en restoracioj interesajn manĝojn. Fraŭlino Krip elektis la plej malmultekostajn restoraciojn, por ke, je la fino de siaj tre profesiaj ferioj, ŝi povu aĉeti kelkajn kulturajn librojn, eble kelkajn diskojn, kiuj stimulos intereson ĉe ŝiaj klasaninoj.

Oni jam reamasiĝis en la halo. Fraŭlino Krip ĉirkaŭrigardis. Kion ŝi serĉis, aŭ kiun? Ŝi mem ne sciis. Ĉio estis ja en perfekta ordo: kompetentaj aranĝoj, altnivelaj prelegoj.

La prelegonto aperis. Ĉiuj eksidis; fraŭlino Krip, kies gepatroj zorge avertis ŝin, ke oni neniam sin trudu, eksidis ĉe la fino de unu el la malantaŭaj vicoj.

«Por la diapozitivoj,» la prelegonto diris, «bonvolu mallumigi.»

Helpema, entuziasmoplena junulo vigle tiris ŝnuron, kiu bruege fermis fenestron.

«Ne, ne, napokapulo!» lia kamarado tuj kriis; «apogu sur tiun prembutonon apud la fenestro!» Dum la unua junulo gapante serĉis, la dua leviĝis, premis la butonon kaj sonorigis elektran sonorilon. Kelkaj homoj ekridis; kelkaj grimacis malaprobe. La preleganto ŝultrotiris. Uniformulo subite aperis, ŝajne el nenie, kaj, tirante la ĝustajn ŝnurojn, mallumigis la halon. La preleganto komencis paroli kaj montri diapozitivojn pri mezepokaj manuskriptoj kun ravaj, orlumantaj kolorbildetoj.

Neniu povis vidi fraŭlinon Krip. Ŝi sidis kviete en la mallumo; la mallumo plikvietigis ŝin, malstreĉis la vizaĝmuskolojn; ŝiaj moviĝemaj manoj kuŝis sur la sino.

Madono kun aŭreolo kaj kun grasa bebo aperis sur la ekrano. Belaj bildoj vivoplenaj sekvis unu la alian: vitoj, rozoj, altaj lilioj, palmarboj, salikoj; kasteloj, preĝejoj, elegante girlanditaj krucoj, elegante vestitaj gesinjoroj, simietoj, katoj, longaj serpentoj, kiuj per fluantaj korpoj helpeme konstruis ĉefliterojn, anĝeloj kun libroj, harpoj, liutoj, glorkronoj.

Fraŭlino Krip komencis malatenti la vortojn de la erudiciulo. Ŝi plurfoje penis revoki sin, retrovi la fadenon de la zorge preparita prelego; sed en mallumo oni ne povas protokoli. Koloroj aperis sinsekve sur la ekrano: cinabro, helverdo, purpuro, ultramaro, oro, bruno, karmezino ... kaj kelkaj komikaj simietoj pozis marĝene, frostrigidaj en varma karesado.

Anĝeloj, arboj, montetoj, kasteloj, diaj beboj kun aŭreoloj, vulpoj, lupoj, oro, cinabro, nigro ...

Fraŭlino Krip sentis strangan inklinon plori.

Absurda penso invadis ŝian menson kaj tre hontigis ŝin: Se, en tiu ĉi mallumo, mi ekploretus kaj iu rimarkus, iu eble premus mian manon amike ...

Ŝi denove penis fiksi la pensojn sur la prelegfadenon, sed malsukcesis. Du grandaj larmoj tiklete fluis sur ŝiaj vangoj.

Je la fino de la prelego, fraŭlino Krip rapide purigis sian nazeton kaj ĉirkaŭrigardis por kontroli, ke neniu rimarkis ŝian strangan konduton, ĉar la subkonscia menso volis esplori, ĉu iu rimarkis ŝin. Dum la kvinminuta paŭzo ŝi sukcesis bone repudri la vangojn.

Eta koncerto de franca muziko sekvis; kaj plurfoje fraŭlino Krip denove ĉirkaŭrigardis kun sia mieno de perditino. Kiam, post la koncerto, ĉiuj ekforiris por libera vespero, la entuziasma juna instruisto, kiu fuŝis la fenestran aferon, turnis sin tro subite por alparoli kamaradon kaj renversis seĝon.

Fraŭlino Krip diris al si: 'Estus pli bone havi nur virinojn en tiuj ĉi kulturaj kursoj'.

Tiu absurda emo ekplori daŭre ĝenis ŝin.

Kion mi havas? Kio estas? ŝi pensis. Ĉio iras bone; mi longe ŝparadis por ĉeesti tiun ĉi kurson, kaj ĉio iras plej bone, tute laŭ la promesoj de la prospekto. Ŝi marŝis laŭlonge de platana aleo. La punteca ombro delikate makulis ŝian blankan someran robon. Subite ŝi ektimis. Iu sekvas ŝin ...! Ŝi turnis la kapon. Ne; ŝi tute eraris; ŝi tro imagis; ŝi estas tute sola kaj sekura, tute sola kaj sekura ... kaj novaj larmoj ekfluis sur la palaj, zorge pudritaj vangoj.

Fraŭlino Emilio Krip estis kompetenta homo tre disciplinita kaj disciplinema.

«Nu, do, sidiĝu!» ŝi diris al si severe. «Kaj diru al mi, kio ĝenas vin!» Ŝi sidiĝis sur alea benko, kaj konscie malstreĉiĝis.

«Nu, Krip, idioto, kion vi havas? Estas bela tago; la kurso estas bonega; ĉio estas laŭ la prospekto; vi havas ĉion, kion vi deziras. Ĉu ne?» Du novaj larmoj fluis sur ŝiaj vangoj; ŝi kolerete skuis la kapon kvazaŭ la larmoj estus vespoj. «Vidu la sunbrilon! Ĉu iu malafablis al vi? Ĉu vi ne havas sufiĉan monon por viaj raciaj bezonoj? ... Ĉu eble tiu epizodo de la mallumigado agacis vin? — — Nu, ne perdu la proporciosenton! Vi neniel respondecis pri la aranĝoj! Regu vin, Krip; viaj nervoj estas en malbona ordo! Hodiaŭ vi aŭdis du bonegajn prelegojn, ĉeestis du bonegajn lecionojn, lernis novajn vortojn, vidis b-belegajn bildojn, aŭdis belan muzikon. Ĉio laŭ la prospekto; do, kial vi plendas? Idiotino!»

Kaj, eliginte tiujn ĉi tre saĝajn, decajn vortojn, fraŭlino Krip komencis spasme plori.

Tamen, ĉar ŝi estis tre disciplinita kaj disciplinema virino, ŝi rapide ekregis sin denove.

«Nu, Krip! Vi sendube estas iom tro laca! La lasta trimestro ja estis streĉa. Eble vi devas dorloti vin iomete. Nu, jen mia propono: mi iru al bona restoracio kaj iom malŝparu por luksa vespermanĝo; kaj poste mi iru al teatro aŭ kinejo, aŭ eble mi faru bonan sanigan promenon. Bone! Kelkfoje oni devas iomete dorloti sin por plene regi sin poste. Ĉu eble mi prenu unu aspirinon? — — Ne. Oni ne alkutimiĝu al tiaj helpiloj, aŭ la kutimo iĝos bezono.»

Fraŭlino Krip, sentante duonkaŝitan inklinon gratuli sin pro sia realisma, pozitiva sinteno, repudris la vizaĝon, formarŝis, kaj decideme elektis restoracion, kie sin anoncis elita turistmenuo kontraŭ 18 frankoj. Terure kosta, ŝi pensis; sed oni devas scii fasti kaj ankaŭ festi. Ŝi eksidis.

Kiam la kelnero alportis kaj malfermis duonbotelon da blanka vino, fraŭlino Krip pensis, ke okazis ia eraro. Rerigardante la menuon, ŝi konstatis, ke duonbotelo da vino estas inkluzivita. Domaĝe, ŝi pensis, ke mi ne avertis la kelneron, ke mi ne trinkas vinon.

Emilio Krip edukiĝis en angla metodista familio, en kiu vino estis same tabua kiel morfino. Vidi vintrinkantojn en Francujo ne ŝokis ŝin; kaj ŝi fieretis pri sia realismo, la rezulto de ampleksa legado kaj multa vojaĝado.

Dum ŝi frandis perfektan omarsalaton, revolucia penso atakis la bastilon de ŝia kranio. Literaturo sufiĉe ofte ripetis al ŝi la koncepton, ke vino gajigas. La patro ĉiam diradis, ke vino estas veneno; sed ŝi konis plurajn koleginojn, kiuj foje gustumis vinon kaj ne ŝajnis venenitaj. La vicestrino, fraŭlino Ross, eĉ pretendis iomete koni vinon kaj likvorojn; kaj fraŭlino Ross videble restis sana, bonhumora kaj bonkonduta. Iam ili diskutis pri alkoholo. Kion diris fraŭlino Ross? — — «Ej, mia kara, kondiĉe, ke oni uzu nur tre modere, kaj ne miksu diversajn alkoholaĵojn, kaj ne metu ion tian en malplenan stomakon, kie estas la malbono? Kara mia, se mi estus riĉa, mi ĉiam prenus unu glaseton kun mia vespermanĝo ... sed nur unu, komprenenble.»

Se mi estas tiel stulte malgaja, fraŭlino Krip pensis, eble unu glaso da vino, nur malforta blanka vino, kaj kun mia vespermanĝo, provizore helpos min. Mi provu! Mi neniam promesis ion pri tio al Paĉjo. Nur pri viroj kaj erotikaj parfumoj.

Iom heziteme, fraŭlino Krip verŝis glaseton da blanka vino. Ŝi timeme gustumis ĝin. Kiel ĝi gustas? Medikamente ... iomete kiel ipekakuano; sed ne; malpli amare, pli ... pli parfume ... (ŝi glutis denove) ... iel frukte, iel vinberece ... kaj pli parfume post la malapero, strange, tre strange, ke io gustas pli bone, jam malaperinte. Nekutima varmeto plaĉis al ŝia stomako.

La kelnero alportis bonodoran kokidaĵon kun legomoj. Fraŭlino Krip malplenigis sian glason, servis sin kaj manĝis kun bona apetito. Scienca scivolemo distris ŝin de la stranga larmemo. Jes; ŝi fartas pli bone; la nervokrizeto ŝajne forpasis.

Ŝi etendis la manon al la karafo, ĉar ŝi soifis; sed la mano kvazaŭ hazarde trafis la vinbotelon kaj, distriĝeme, ŝi elverŝis duan glasoplenon.

Konsciante pri sia eraro, ŝi ruĝiĝis.

Mi ne lasos la plenan glason sur la tablo, ŝi pensis; tio aspektus stulte, strange. Mi fortrinkos ĝin, sed malrapide kaj tre zorge; kaj unue, mi bone manĝos, plenigos la stomakon. Ŝi entuziasme atakis la bonodoran kokidaĵon, kiu, fakte, estis stufita en vino.

Post la dua glaso, la sinteno de fraŭlino Krip iom ŝanĝiĝis jam. Ŝi defie rigardis la botelon.

«Mi estas plenaĝa, plenrajta virino!» ŝi diris, aŭdeble sed ne laŭte. «Kaj se mi volas trinki vinon, kiun mi ja pagas, jes, per mia propra mono honeste gajnita, mi rajtas trinki ĝin. Kaj mi rajtas konsumi kokritaĵon, kokidaĵon, jes. Mi ne estas nun en stabĉambro.»

Ŝi elverŝis trian glasplenon.

La kelnero alportis komplikan glaciaĵon.

Estis science tre interese, alterne senti malvarmecon kaj dolĉan kuraĝigan varmecon en la stomako.

Kiam la botelo estis tute malplena, fraŭlino Krip renversis ĝin por plene konvinkiĝi pri tio, sed rapide remetis ĝin; kiel la patrino ofte diradis, bonedukita virino restas bonedukita en ĉiuj cirkonstancoj. Se oni ne povas havi novajn vestaĵojn, oni des pli purigu kaj fliku, se oni ne havas banĉambron, oni zorge lavu sin ĉe la lavtrogo ...

Se oni estas ebria, oni kondutu kiel eble plej dece. Fraŭlino Krip sentis zumadon en la kapo kaj nekompreneblan kaŭĉukecon ĉe la genuoj. La manoj tremetis, kiam ŝi pagis la kelneron, sed ŝi ekregis sin, kiel dum la tuta vivo ŝi kutimis; poste ŝi leviĝis kaj tre atenteme pilgrimis al la necesejo, kie ŝi kaptis la okazon repudri la nazeton, kies koloro ne sugestis anemion.

Ŝi estis jam eltrovinta utilan fakton: kiam oni ne povas fari ion bone laŭ normala rapideco, oni faru malpli rapide, kaj, kutime, ĉio iras glate. Malstreĉe, malrapide, perfekte dece, ŝi forlasis la restoracion.

La agrable malvarmeta vespera aero vangofrapis ŝin senkompate. Surprizite, ŝi ŝanceliĝis.

«Mi faros promenon!» ŝi diris.

Post kelkaj paŝoj, ŝi diris: «Ne! mi iros tuj al mia hotelo, kaj dormos!»

Tre malrapide, kun la digno de bonedukitino, kiu ankoraŭ konscie restas bonedukita, fraŭlino Krip marŝis ŝanceliĝe al sia hotelo. Oni ne atentigu, ne faru skandalon.

Ŝi sukcesis trovi sian etan dormoĉambron, ŝlosis la pordon kaj sidiĝis sur sia lito. Nun ŝi povis ĉesigi la zorgan penadon konduti dece. La tuta meblaro, la tuta muraro, komencis karusele ĉirkaŭkuri.

«Mi nestas sobria,» diris fraŭlino Krip, per la voĉtono de homo, kiu ĵus eltrovis ion gravan kaj profundan. «Mi nestas trotre sobria.» Ŝi rigardis sin en la dancema spegulo. «Kaj mia rozo estas neĝa. Mi devas enlitiĝi.»

Kiam la meblaro iom malpli draste kirliĝis, fraŭlino Krip trovis la piĵamon kaj malrapide senvestiĝis. Ŝi preskaŭ forgesis demeti la ŝuojn, sed lastmomente rimarkis ilin. Surmeti la piĵaman jakon estis facile; sed ŝi subite ekkomprenis, por la unua fojo dum la vivo, ke surmeti piĵaman pantalonon bezonas ege komplikajn muskolajn kaj artikajn kunlaboradojn; kaj ŝiaj muskoloj kaj artikoj ŝajne evoluigis ian nekutiman individuecon. Eĉ fari ĉion malrapide ne sufiĉis. Samtempe teni la pantalonon en taŭga pozicio kaj enmeti la piedojn estis neeble. Absolute neeble, ŝi konkludis, post tria eksido sur la planko. Ŝi lasis la pantalonon sur la planko kaj tiris sin sur la liton, kie ŝi sidadis kun pendantaj kruroj.

«Emilio Krip,» ŝi diris severe, «vi nepre nestas bria. Ebria *con brio*. Ĉu vi povus nun doni lecionon? Aŭ lecionduonon aŭ leciontrionon? — — —. Nu, mi provu. Ho, mia nuzo estas ja iom raĝa. Sed mi provu. Ĉu mi kapablas oratori nun ... oratori kiel orbuŝa orakaroto, ne, orakolo?

»Jeŝ. Mi povas lecŝioni. Mi rajtas fari ion ajn, kion mi deziras fari. Knabinoj, hodiaŭ mi laprolas pri Amo. Amo, knabinoj, ne estas Amoro. Amoro estas arĝenta, Amo estas ora. Do, ora Amoro estas Oramo. Kiam viro amindumas nin, li orumas nin, kio signifas, li amoras nin. Mi vere devuŝ surpanti mian metalonon, mi sendube aspektas iom strange. Pardonu, knabinoj, mi lasis mian talaron en la ŝtopĉambro. Mi estas iom forĝeŝema; jes; mi volus forjesi ĉiujn miajn ĉagrenojn.

»Ĉiu ino bezonas amon kaj ĉiu amo bezonas inon. Mia nomo estas virina nomo, Emilio, do, mi bezonas amon. Ĉiu ino bezinas vinon; vidu, mi trinkis duonbotelon da blanka vino, kaj nun mi scias, ke mi rajtas fari kion ajn. Amo estas inter la elementaj homaj rajtoj; demandu al UNESKO. Ĝi devus esti en la ĉarto de la Unuiĝintaj Nacioj. Kiel oni unuiĝu sen amo? Al ĉiu bona damo, porcio da bona amo: jen mia nova proverbo. Kaj mia nomo estas Emilio, kaj rozo samvaloras kiel lilio; jen alia. Rozoj: jes, nun mia nozo estas kvazaŭ ruĝa rozo, ne, mia nazo estas kvazaŭ ruĝa raso.»

Fraŭlino Krip gestis per larĝaj, malstreĉaj, memfidaj gestoj, dum ŝi oratoris. La ronda vizaĝo estis ruĝeta kaj ŝi iom ŝvitis; la okuloj brilis malsekete. Nedifina bonfartosento travarmigis la senpantalonan torson.

«Vivo sen amo estas vevo. Vea vivo de vidvino. Jes, vino, vidi per vino. *In vino veritas*. Kial mi ne rajtus ami kaj amati? Ne. Jes. Mi estas Emilio Krip; mi estas magistrino kaj mi havas mian instruistinan diplomon. Kaj multajn bonajn atestilojn. Mi rajtas fari kion ajn, jes, fafari kion ajn, mi povas fari kion ajn; sed ŝajne mi ne povas surpanti mian tiralonon. Diablo! La certa certo; lacerto ludas en mia stomako.»

«Ho ve!» fraŭlino Krip subite krietis. Ŝi sentis vomemon, kaj ne volis iri tra la hotela koridoro en sia piĵamsupraĵo nur. La longe disciplinita intelekto iom ekfunkciis; ŝi kaptis sian surtuton, sukcesis surmeti kaj butonumi ĝin, kaj kuris nudpiede tra la koridoro. Ĉar bonedukitino restas bonedukitino en ĉiuj cirkonstancoj, ŝi ĝuste celis, ĝuste trafis kaj ne lasis ian aĉaĵon ie por la purigistino. Ŝi ŝanceliĝe revenis al sia ĉambro, demetis la surtuton kaj provis denove surmeti la pantalonon; sed la muskoloj daŭre rifuzis kunlabori. La stomako estis nun multe pli komforta; stranga bonfarto kvazaŭ ekstazo inundis ŝin.

«Hej ...» ŝi diris pli heziteme, «mi ... estas ... feliĉa. Nenio ajn tre grava. Finfine, jen, mi estas mi kaj jen, mi havas kelkajn rajtojn. Kelkajn ele-elementajn homajn rajtojn; demandu al la Unuiĝ ... iĝ ... iĝ ...»

«Ej, mi dormemas. Eble mi devas enlitiĝi nun. Mi volas esti freŝa kaj vigla morgaŭ por mia kultura kurso.» Ŝi ekridis mallaŭte, malforte kaj kvazaŭ infane. «Kaj eble aventuro trovos min, aŭ eble mi trovos aventuron. Sed nun mi enlitiĝu.»

La lito, tamen, estis komplika problemo. Fraŭlino Krip neniam antaŭe konstatis, kiom da lertaj movoj oni devas fari por normale meti sin en liton. Oni devas sin premi en mallarĝan aperturon, kiu, estante plata kaj mola, tute ne kunlaboras. Kaj oni devas tre zorge atenti, por ke la kapo troviĝu sur la kuseno kaj la piedoj en la kovrilosakaĵo, je la fino de la operacio, kaj ne inverse. Estus pli facile, mekanike, enrampi kun la kapo antaŭe; la kapo pli malmole avangardus; sed tia metodo eble kaŭzus sufokiĝon.

Fraŭlino Krip provis unufoje, sed iel maltrafis la aperturon kaj trovis sin kun la kapo ĉe la piedo de la lito sur la kovriloj.

«Kia nekompetenteco!» ŝi diris aŭdeble. Ŝi reprovis, denove maltrafis la aperturon kaj ĉi-foje pli rapide returnis sin por reprovi. Tio ĉi okazis plurfoje, ĝis subite fraŭlino Krip eksentis la komikecon de siaj propraj movoj.

«Mi estas kvazaŭ hundo, kiu faras sian liton laŭinstinkte, turnglatigante la longan herbon eĉ sur senherba tapiŝo!» ŝi diris, jam iom malpli ebria, sed ankoraŭ rideme feliĉa.

Ŝi nun intence faris kelkajn turniĝojn, por ludi. La ridanta virin-hundo ĉifis la litkovrilojn, lasante en ili la spurojn de tiu turniĝado. Poste ŝia kapo iom subite trovis la kusenon, tiel molan, tiel agrable malvarman.

«Demandu al la Unuiĝintaj Nacioj ...» ŝi murmuris, ridetante; kaj endormiĝis.

Noktmeze, brile blanka luno vidis tra la fenestro la dormantinon. Ŝi kuŝis, preskaŭ sferigita katece, sur la kovriloj;

ŝi portis nur piĵamojakon kaj dikajn okulvitrojn; dolĉkontura rozkolora sidilo senkulpis bebece sub la luno; kaj, sub musbruna, postrikolte malbonorda hararo, la vizaĝo ridetis, premita en la kapkusenon, kiun fraŭlino magistrino Krip, instruistino kaj kulturkursanino, ĉirkaŭbrakis per sia tuta dumdorma forto.

3. MEZEPOKA HISTORIO

KARLO, Reĝo de la Eta Regno, Imperiestro de la Sep Insuloj, Defendanto de la Vera Kredo, Triumfinto super la Tri Maroj, Teruro de la Turkoj, Skurĝo de la Saracenoj, Patro de Sia Popolo, la Kompatema, la Plejpotenca, la Nevenkebla, sidis ĉe skribotablo en sia privata kabineto. Lia mano kuŝis plate antaŭ li, kvazaŭ ĝi estus ia grava dokumento, kiun li longe studadis; sur la mano seka makulo estis kvazaŭ sigelo sur tiu mistera skribaĵo. La Reĝa Ĉefkuracisto, surgenue, tremante, atendadis.

Karlo rigardadis sian manon kaj la sekan makulon ĝis la mano tremis en luma aŭreolo, poste malaperis en nigran ringmaŝaron sub la lacegaj okuloj. Li etendis la alian manon al la dek raportoj de la dek Subkuracistoj kaj relegis ĉiujn. Karlo multfoje riskis sian vivon sur batalkampoj, eĉ frontis la turkojn kun beldenta defia rido kaj kuraĝigis siajn soldatojn per bravaj ŝercoj; nun li estis palega, kaj la lipoj kunpremiĝis.

Finfine, kiam la Ĉefkuracisto estis jam svenopreta pro tro longa senmoveco, Karlo, Reĝo de la Eta Regno, la Plejpotenca, la Nevenkebla, ekparolis, digne, sed el buŝo, kiu ŝajnis pli seka ol la makulo sur la mano.

«Ĉiuj samopinias.»

«Jes, Via Reĝa Moŝto.»

«Kaj ĉu vi samopinias?»

«Pardonu min, Via Reĝa Moŝto: jes.»

«Leviĝu. Ne rampu tiele sur la planko. Mi ne punos vin aŭ viajn subulojn, ĉar la Sorto batis min. Stariĝu! Estu viro! Ni esploru eblecojn de helpo — se entute io povas helpi. Nu, tiu ĉi makulo, la aliaj makuloj, estas la komenco de la lepro. Ĉu ne?»

«Pardonu min, Via Reĝa Moŝto: jes, de la lepro.»

«Lepron mi plurfoje vidis — — — je diversaj stadioj. Mi ne bezonos informojn pri la bela estonteco, kiu min atendas. Kiu ne scias pri la difektita haŭto, la dika leoneca vizaĝo, la forfalo de fingroj, la paralizo? Mi bezonos eble dudek jarojn por finmorti; mi putros antaŭ la morto. Niajn murdistojn ni plej ofte senkapigas: sangoŝpruco kaj fino. Lepro, ĉu ne? Mi eksterdube, vere havas la lepron en mia reĝa sango?»

«Pardonu min, Via Reĝa Moŝto: jes, la lepron.»

«Mi ripetigas vin tede; sed oni malfacile kredas tiajn verojn. Kaj nek vi, nek iu ajn alia kuracisto en la lando konas rimedon por resanigi min?»

«Pardonu min, Via Reĝa Moŝto, ne.»

«La volo de Dio, do — — se tia sorto povas vere esti la volo de Dio por unu el Siaj infanoj — — —. Ĉu oni ne trovis jam multajn ŝtonojn, akvojn, plantojn, kiujn Dio al ni donis por kuraci malsanojn? Ĉu Dio vere intencas, ke iu ajn malbono restu sen rimedo? — — — Ĉefkuracisto! Mi kutimas batali.» La voĉo refirmiĝis; la reĝo parolis denove kiel homo kiu, laŭkutime, ordonas kaj obeigas. «Via sciomanko estas nenia kulpo; sed senespero estas peko. Vi sendos mesaĝojn al aliaj ĉefkuracistoj en ĉiuj amikaj landoj, al ĉiuj profesorkuracistoj en fremdaj universitatoj — — — en aliancaj landoj aŭ almenaŭ landoj ne malamikaj; ĉar alie mi eble ricevus preskribon, kiu ja forigus ĉiun doloron kaj bonege endormigus min, sed ne tre helpe al la regno. Vi ne ignoros eĉ la strangulojn — — — ermitojn, kiuj iel sanigas, ŝajnajn ekstravaganculojn, kies frenezaj metodoj tamen havas kelkfoje bonajn rezultojn. Eble ie en la mondo mia resaniĝo atendas. Serĉu ĝin ĉie!»

«Jes, Via Reĝa Moŝto; viaj servantoj obeos.»

«Kaj memoru: mi estas viro kaj soldato, ne dorlotita knabineto. Mi estas preta elporti ian ajn kuracadon. Ian ajn, absolute. Se vi proponas al mi medikamentojn amarajn kiel infera vino, naŭzajn kiel la plej stagnaj marĉakvoj, danĝere dubefikajn medikamentojn, kiuj enhavas fortajn venenaĵojn, mi trinkos ilin kvazaŭ francajn vinojn. Se estos eble fortranĉi el mia vivanta karno la komencmakulojn, tuj alportu tranĉilojn kaj pelvon. Mi ne estas infaneto; mi jam ofte vidis mian propran sangon. Doloro forpasas, forgesiĝas. Sed morti tiel malrapide, tiel aĉe — — — mortantadi dum jaroj, putri dum la surtera vivo — — tion mi ja volus eviti. Esploru, Ĉefkuracisto! Esploru; provu ĉiujn rimedojn! Eksperimentu sur la lepruloj en la leprulejoj; ili volonte riskos kaj suferos, se espero pri resaniĝo ekzistas. Mi certas pri tio; mi certas, laŭ logiko, kiun vi ne komprenus, Ĉefkuracisto. Provu ĉion! Vi ne kulpas pri via nescio; eble rimedo eĉ ne ekzistas; sed vi kulpegos, Ĉefkuracisto, se vi ne provos ĉiajn eblojn. Se vi neglektos, vi meritos la mortopunon pro perfido. La mortpunon — — — senkapigon? Ne!» La reĝo elsiblegis la lastajn vortojn. «Tia kuracisto — — — meritus — — la lepron!» Li silentis dum pluraj minutoj.

«Kiel la malsano trafis min? Ĉu ia kontakto hazarda — — ĉu eble iu perfidulo, intence — — iu malamiko de la regno?

»Ankaŭ tion vi devos kiel eble plej zorge esplori. Kaj pri la reĝino — — la princo — — la princinoj — —»

«Ni jam esploris pri Viaj familianoj, Via Reĝa Moŝto. Ili restas en perfekta sanstato.»

«Ili ne tuŝu aŭ ĉirkaŭbraku min denove. Ho ve, mia edzino! Ŝiaj brakoj estas ripozo kaj refortigo. Kaj miaj gefiloj — — —. Ne; mi ne pripensu tion. Ĉefkuracisto, vi klarigu al ili mian ordonon; mi preferas, ke alia diru tiajn dirojn. Kaj jen alia afero; oni devos diri al ĉiuj korteganoj, ke dum ia tempo ili ne plu kisu mian manon; ili nur kliniĝu. Ili ne sciu pri la vera kialo — — almenaŭ ne ankoraŭ. Parolu pri iu dolora haŭtmalsano — — kaj mi portos maldikajn silkajn gantojn. Ili ja devos iam sciiĝi, se viaj esploroj ne sukcesos. En poemoj kaj paroladoj, en diplomatiaj dokumentoj, en bonvenigaj salutoj, oni ofte nomis min Leono. Karlo, la Leono, la Teruro de la Turkoj, la Nevenkebla! Kaj baldaŭ oni ekscios, kiel venkebla mi estas; kaj oni nomos min Karlo la Leono, pro mia dikhaŭta vizaĝo, lepre leoneca, brute bestigita. Aĥ!»

«Serĉu do, Ĉefkuracisto! Mi estas preta provi ion ajn; sed mi ne putru, se io ajn povas resanigi min.»

La Ĉefkuracisto balbutis kelkajn promesojn, profunde kliniĝis kaj foriris, ankoraŭ tremante. Karlo platigis sian manon sur la skribotablo kaj rigardadis la sekan makulon.

La Ĉefkuracisto kaj liaj helpantoj skribis multajn leterojn, sigelis ilin sub multaj imponaj sigeloj, donis ilin al fidindaj kurieroj. Dum ili atendis respondojn el diversaj mondopartoj, ili faris multajn eksperimentojn en la leprulejo de la ĉefurbo. Tial kelkaj lepruloj mortis pli frue ol ili atendis, kaj aliaj suferis superfluajn dolorojn, sed neniu ajn eksperimento eltrovis efikan kuracilon.

La reĝino iĝis pala, maldikiĝis, kaj foje perdis sian konatan afablecon inter siaj servantinoj. Ekster la rondo de la kuracistoj, nur ŝi kaj la geprincoj sciis la tutan teruran sekreton de la reĝo.

Post multaj eksperimentoj, la Ĉefkuracisto eltrovis ungventon, kiu iomete bonfaris al la haŭto. Tion Karlo uzadis zorge kaj pacience; sed la ungvento, kvankam ĝi plibonigis la aspekton de la haŭto, tute ne haltigis la progreson de la malsano.

Tamen, post duonjaro, la Ĉefkuracisto petis aŭdiencon sekretan kun la reĝo, kiu tuj permesis. Kaj kiam la Ĉefkuracisto envenis la privatan kabineton, li preskaŭ ridetis.

«Via Reĝa Moŝto — — se mi ne hezitus veki en Vi eble trompajn esperojn — — —»

«Parolu!»

«Via Reĝa Moŝto, letero venis post longa tempo el la malproksima oriento. La skribinto havas bonan reputacion kaj li mem certas, ke la rimedo de li proponita bone sukcesos. Li diras, ke li konas nur unu rimedon, sed ke ĝi nepre efikos.»

«Unu rimedo ja sufiĉos. Kial vi hezitas? Ĉu la proponita rimedo estos tre dolora? Mi ne estas ploraĉema bebo.»

«Ne, Via Reĝa Moŝto, dolora ĝi ne estas.»

«Ĉu vi eble suspektas, ke ĝi estas danĝera? Ĉu la preskribo enhavas ian neordinaran venenon el la mistera oriento? Mi vere preferas kuracadon eble vivoriskan al certa kreskanta abomena malsano.»

«Mi certas, Via Reĝa Moŝto, ke la rimedo estos por Vi tute sendanĝera, nur iom naŭza.»

«Ĉu malfacile havebla?»

«Por reĝo, tre facile havebla.»

«Parolu, homo, parolu! Ne turmentu min!»

«Pardonu la hezitojn de timema maljunulo, Via Reĝa Moŝto. La preskribo venas el lando, kie la homa vivo estas tre malmultekosta; kaj en kristana lando ĝi ŝajnos bizara kaj terura.»

«Parolu!»

«Tiu kuracisto el la oriento diras, ke Vi resaniĝos, se Vi banos Vin en la freŝa, ankoraŭ varma sango de juna virgulino.»

La reĝo silentis dum momento. Li estis militheroo; sed, kiel la plimulto en lia epoko, li akceptis militon kiel neceson. Alie li estis nek kruela, nek tiranema.

«Banos min, aŭ lavos min? — —. Mi volas sciiĝi, ĉu oni povus sanigi min, simple ŝmirante mian korpon per sufiĉa kvanto da sango? Se jes, mi eble povus resaniĝi sen mortigi junulinon.»

«Bedaŭrinde, Via Reĝa Moŝto, la letero klare diras, ke Vi devas bani Vin en la tuta sango de la virgulino.»

«Kaj ĉu vi vere opinias, ke tiu rimedo sukcesos?»

«Mi scias, ke la kuracisto estas klera, sperta kaj faris multajn eksperimentojn en lando, kie eĉ la plej strangaj eksperimentoj eblas. Via Reĝa Moŝto, mi kredas, ke tiu ĉi letero estas almenaŭ tre esperiga. La vivo de ordinara junulino signifas nenion kompare al la Via; morti por savi Vin estus honoro al ŝi kaj ŝia familio por ĉiam. Ĉu Via Reĝa Moŝto permesos, ke mi tuj faru la necesajn aranĝojn?»

«Jes. Sed unue enketu, ĉu eble iu juna virgulino troviĝas inter la nunaj mortkondamnitoj aŭ vivmalliberulinoj.»

«Via Reĝa Moŝto estas senfine bonkora kaj kompatema.»

«Ne,» la reĝo respondis, kun melankolia kvazaŭrideto, «nur iom ŝparema.»

Juna virgulino ne troviĝis inter la krimulinoj.

«Kio do estos la plej malkruela metodo por trovi la necesan viktiminon?»

La Ĉefkuracisto ŝultrotiris.

«Via Reĝa Moŝto rajtas simple ordoni. Ĉu Vi deziras, ekzemple, ke taĉmento iru tra la stratoj, arestu kelkajn junulinojn kaj konduku ilin al la kuracejo, por ke mi esploru pri la sanstato kaj tiel plu?»

«Ne, Ĉefkuracisto. Iuj vivoj estas pli valoraj ol aliaj; kaj mi havas filinojn. Mi preferus ne senigi patron de solfilino, aŭ fianĉon de fianĉino.»

«Via Reĝa Moŝto povus pagi bonan kompenson.»

«Jes, sed — — mi havas filinon — — kaj, ĉiuokaze, la junulino mem ne trovus la kompenson tre utila.»

«Se tiaj skrupuloj turmentas Vian Reĝan Moŝton, ni povos elekti junulinon el orfejo.»

«Multe pli bone! — — — Militkaptitinojn ni nuntempe ne havas — — kaj virgulinoj malofte troviĝas inter ili. — — Mi preferus havi volontulinon, se eble. Diskonigu la novaĵon, ke la reĝo bezonas, pro la bono de la regno, la vivon de juna virgulino, kaj ke patriota junulino, kiu oferos sin, estos por ĉiam honorata per memorniĉo en la katedralo kaj aliaj honoraĵoj. Mi estas kristana reĝo, kaj ne volas tirani kiel nekredanto.»

«Se Via Reĝa Moŝto proponos kompenson, pluraj gepatroj tuj venigos siajn filinojn.»

«Ĉu tiaj gepatroj ekzistas, en kristana lando?»

«Jes, Via Reĝa Moŝto.»

«Mi esperas, ke vi malpravas. Sed, ĉar eble vi pravas, ni nepre ne mencios kompenson. Mi ne volus mortigi senkulpulinon; mi ne intencas ankaŭ pekigi malfortajn gepatrojn. Anoncu nur pri la reĝa bezono; mi sekrete kompensos la familion poste. La viktimino mortos kiel eble plej sensufere; pastro laŭ ŝia elekto helpos kaj konsolos ŝin; kaj ŝi estos enterigita tre honore.»

Oni anoncis ĉion laŭ la ordonoj de la reĝo; sed volontulino ne aperis. La humana reĝo atendis dum kelkaj tagoj.

Post kelkaj tagoj, Perlo, la dekkvinjara princino, insiste petis aŭdiencon ĉe sia patro.

«Paĉjo,» ŝi diris, «oni diris al mi, ke la sango de juna virgulino resanigos Vin. Ĉu tio estas vero?»

«Mi kredas, ke jes, Perlo. Ĉu vi trovis volontulinon?»

«Jes, Paĉjo, jes!» Perlo ĵetis sin al la piedoj de Karlo. «Paĉjo, prenu min! Vi donis al mi la vivon, mian tutan sangon, kaj mi volonte redonos nun, kiam vi bezonas ĝin. Mi estas preta morti, Paĉjo! Mi preĝis, mi konfesis kaj absolviĝis, mi estas tute trankvila. Kie estas la Ĉefkuracisto?»

Karlo, Reĝo de la Eta Regno, Teruro de la Turkoj, la Nevenkebla, deturnis la kapon por kaŝi siajn larmojn, kaj forte interplektis la leprajn manojn por ne ĉirkaŭbraki sian filinon.

«Ho, Perlo! Mia princineto, mia netaksebla Perlo! Ĉefjuvelo de mia krono! Vi ja estas filino de reĝo! Kara filino mia! Sed mi estus nenatura monstro, se mi akceptus tian oferon. Karega mia, foriru tuj; mi tro deziras ĉirkaŭbraki vin, kaj tion mi devas ne fari.»

«Sed Paĉjo — — —»

«Foriru tuj! Maleblas tia ofero. Vi havas aliajn devojn! Ho, iru, iru for!»

Li parolis preskaŭ krude, kruele, por kaŝi siajn torturajn emociojn.

Post du pluaj tagoj, la Ĉefkuracisto denove petis aŭdiencon. La konfespatro de la reĝo akompanis lin.

«Via Reĝa Moŝto, ni devas peti vian permeson paroli al vi malkaŝe.»

«Parolu. Komplimentoj ja ne sanigos min.»

«Via Reĝa Moŝto jam pli ol sufiĉe skrupulis. Volontulino ne proponis sin; do ĉiuj atendas, ke vi simple arestigu taŭgan junulinon.»

«Resaniĝi — — aĥ — — ne plu putri vivante — — resaniĝi — — ĉirkaŭbraki miajn karajn kaj ne plu gardi abomenan sekreton! Sed mi hezitas pri la morto de senkulpa junulino.»

«Junulino estas nenio, pa!» diris la Ĉefkuracisto. «Unu senvalora ina vivo estas bagatelo, akvoguto, vermo, polvero, kompare kun la reĝo kaj la regno.»

«Sed por si mem, tia persono povas esti io — —. Patro, kion vi diras pri tiu ĉi afero?»

La konfespatro malrapide elparolis sian zorge preparitan konsiladon.

«Filo mia,» li respondis, «vi montras laŭdindan skrupulemon; sed vi estas la Dia elektito, sanktoleita, al kiu ĉiuj devas obei. Ĉu la profeto Eliŝa ne ordonis al Naamano, la militestro, sin bani, por ke li perdu sian lepron? Kaj ĉu Naamano, sin baninte laŭ la ordono, ne resaniĝis tuj?»

«Li banis sin, tamen, en akvo, ne en homa sango.»

«Tio ne tre gravas; li faris laŭ la volo de Dio, kaj resaniĝis. Mia filo, ordinaraj homoj ja ne rajtas mortigi, escepte dum milito laŭ la ordonoj de reĝoj kaj aliaj estroj, aŭ por detrui herezulojn kaj sorĉistojn. Sed vi ne estas ordinara homo. Vi estas reĝo sanktoleita, vokita al speciala laboro, kiun nur vi kapablas fari. Vi estas esence homo apartigita, speciala. Viaj devoj estas al Dio kaj la regno; por fari vian unikan laboron, vi ne nur rajtas, sed eĉ devas, per ĉiuj rimedoj, gardi vian vivon kaj sanecon. Multaj moralaj leĝoj ligas vin, sed ne ligas ordinarajn homojn; multaj moralaj leĝoj, kiuj ligas ordinarajn homojn, ne ligas vin; ĉar via tute aparta, speciala laboro postulas apartan kaj specialan moralon.»

«Plej volonte mi ja tion kredus ...»

«Kaj — — pri tiu viktimino. Estos privilegio, oferi la vivon al la reĝo, sur la altaro de la patrujo. Animo tiel liberigita ĝuos la ĉielajn ĝojojn, kaj ĉi tiu nuntempa, verma surtera vivo apenaŭ gravas. Eble vi savos la junan virgulinon, en la stato al Dio plej kara, el iu aĉa posta sorto, el iu amoraĵo kaj karna peko. Sed, ĉefe, mia filo, mi emfazas, ke vi estas speciala persono; vi kaj nur vi kapablas fari vian unikan, sanktan, tre respondecan taskon; kaj, se eblo de resaniĝo prezentas sin, granda skrupulemo estas eĉ peko.»

«Patro,» la reĝo respondis, post paŭzo kaj frostotremante pro la terura nervostreĉo de nova espero, «sendube vi pravas. Ĉefkuracisto! Se volontulino ne prezentos sin hodiaŭ, mi morgaŭ rajdos tra la urbo kaj la najbara regiono, kaj serĉos taŭgan viktimon. Mi preferas aresti junulinon ne elstare feliĉan aŭ esperoplenan — — —. Jes; jen mia plano: Ĉefkuracisto, aranĝu ĉion tiel. Ni alivestos nin kaj iom maskos nin per ŝminko aŭ alia rimedo — — — kaj ni du rajdos tre simple, kun eble ses alivestitaj soldatoj, kvazaŭ ni estus du ekskursantaj nobeloj. Tiel ni mem elektos nian viktiminon sen nenecesa kruelo. Patro, bonvolu preĝi por ni, petante, ke ni elektu kiel eble plej taŭge kaj juste, kaj ke mi agu vere kiel reĝo devas agi inter siaj subuloj.»

«Tion mi nepre faros, Via Reĝa Moŝto, kaj mi faros morgaŭ matene specialan meson tiucele.»

«Kaj vi, Ĉefkuracisto, konsilos min pri la sanstato kaj aŭtentika virgeco de la elektitino.»

Baldaŭ la reĝo de la Eta Regno restis sola. Kortuŝaj bildoj svarmis en lia kapo: la reĝino, kiun li eble povos denove karesi; la tri amataj geprincoj, kiuj povos denove ĉirkaŭbraki lin kaj ludi kun li; Perlo, kiu adoris lin kaj pretis oferi por li sian junan vivon; geamikoj kaj ŝatataj konsilantoj, de kiuj li ne plu devus kaŝi teruran sekreton. Li mense trafoliumis longan vivon de estontaj servoj al la amata patrujo, belajn kolorplenajn, orplenajn bildojn, kvazaŭ perfekte pentritan almanakon.

«Mi resaniĝos — — — — vere mi resaniĝos. Mi dediĉos belegan preĝejon al Sankta Luko; jes; kaj en ĝi estos memorniĉo por tiu junulino, kiu savos min. Mi faros grandan donacon al la malriĉuloj kaj la georfoj. Mi resaniĝos ... Mi ne putros plu. Kaj mi portos grandajn novajn glorojn al la Eta Regno!»

Frumatene, la sekvantan tagon, eta grupo, ŝajne de nobeloj, sur belaj ĉevaloj, forlasis la palacon. Ĉu por ĉasi? Jes: sed nekutiman ĉasaĵon.

Karlo vidis junulinojn, kiuj belege zorgis pri etaj gefratoj; junulinojn, kiuj laboris kantante kaj kies simplan feliĉon li ne volis senbezone detrui; unu junulinon, kiu helpis sian kriplan patrinon; alian, kiu promenis kun sia fianĉo kaj rigardis lin per radiantaj okuloj; alian, kiu laboris pri neordinare bela brodaĵo. Karlo ne volis mortigi junulinon bezonatan de iu alia, aŭ videble tre feliĉan, aŭ elstare talentan.

«Ni iru en pli malriĉan kvartalon,» li proponis.

«Permesu, Via Reĝa Moŝto,» la Ĉefkuracisto avertis, «ke mi memorigu al vi pri la oftaj malsanoj de la malriĉuloj. La sangobano devas esti en pura sango.»

«Pri tio via profesia scio nepre kontrolos adekvate.»

La odoroj en la mallarĝaj, malpuraj stratoj tamen iom naŭzis la reĝon. Li deziris rajdi ekster la urbo dum horeto por spiri pli agrablan aeron.

En la kamparo, li subite vidis ion, kio preskaŭ haltigis lian koron. Junulino, blanke vestita, kuris el dometo al kampara ligna ponto, kriegis korŝire al la silenta ĉielo, batis sian frunton kaj ĵetis sin en la subfluantan riveron!

«Savu ŝin! Kaptu ŝin! Konduku ŝin ĉi tien!»

Kvar rajdsoldatoj tuj galopis al la ponto.

«Jen, jen mia viktimino. Responde al niaj preĝoj! Iu kompatinda frenezulino! Aŭ junulino kaptita en profunda senespero! Iu, al kiu nek vivo nek sano restas plu posedinda.

»Nun, anstataŭ mortigi sin mortpeke, ŝi povos oferi sin por la patrujo kaj morti bonfare, honore. Anstataŭ porti larmojn kaj honton al sia familio, ŝi portos fieron kaj riĉan kompenson. Kiu scias? Eble mi povos helpi samtempe al la savo de juna animo.»

La kvar soldatoj rapide revenis kun malsekega, spasmeploranta junulino, kiu baraktis kaj piedbatadis inter ili. La soldatoj finfine sukcesis ĵeti ŝin teren antaŭ la reĝo. Tie ŝi kuŝis konvulsiante, dum la polvo de la vojo iĝis koto sur ŝiaj saturitaj vestaĵoj.

«Silentu!» soldato kriis krude.

La junulino daŭre kriegadis.

«Aĥ, kial vi ne lasis min morti? Kial vi tiris min reen al torturo kaj mizero? Estu malbenitaj! Aĥ, vivo jam mortinta; aĥ, mizero ne elirebla! Ho Dio, Dio, kompatu! Aĥ, mizero, mizero, mizero! Mizera mi, kiu daŭre vivaĉas!»

Tiam la reĝo, kiu konis ĉiujn diversajn voĉojn de aŭtoritato, diris al ŝi tre milde sed firme:

«Bonvolu trankviliĝi. Se vi vere volas morti, ni mem mortigos vin malpli suferige kaj multe pli honore.»

La junulino rigardis lin miroplene el siaj suferlagaj okuloj.

«Nur estu tiel afabla, fraŭlino, trankviliĝi kaj klarigi al ni la kaŭzon de via mizero. Ne timu, ni ne intencas fari malbonon al vi. Vi estas virgulino, ĉu ne?»

«Jes, jes. Sed tio jam ne gravas! Ve, ve, ho ve, ve! Kial vi ne lasis min morti en mia mizero?»

«Vi mortos ja, se tion vi vere volas. Dume, mi petas, regu

vin; ĉar eble via morto povos helpi al via reĝo kaj al via patrujo. Ĉu vi scias ion pri la stranga bezono de via patrujo?»

«Ne, sinjoro. Kiel mi sciiĝu pri io ajn dum la lastaj tagoj? Mi ne eliris; mi ne manĝis, apenaŭ povis gluti akvon — — ve, ve!»

La reĝo deĉevaliĝis kaj sukcesis, post iom da penado, sufiĉe trankviligi la junulinon por sidigi ŝin sur la vojrando. Tie li sidiĝis apud ŝi kaj parolis kun ŝi kvazaŭ amike. La soldatoj iom malproksimiĝis por ne impertinenti; la Ĉefkuracisto diskrete rigardis, kun rapide kreskanta espero en la koro.

«Junulino, la regno bezonas junan virinon, kiu estus preta foroferi sian vivon. Ŝi mortos kiel eble plej sendolore, kaj post la morto ricevos altajn honorojn. Se vi vere deziras morti — — — se via juna vivo estas al vi tute senutila — — — morti tiamaniere povos ne nur sensuferigi vin sen peko, sed savi la vivon de alia junulino kies vivo restas por ŝi valora. Mi volas tamen kontroli pri la vero: kial vi tiel furioze avidas la morton? Se vi ĵetis vin en riveron nur pro ia junulina kaprico, ni forgesu pri ĉio kaj vi danku al Dio, kiu savis vin; sed se vi havis adekvatan motivon — — —»

Li atenteme rigardis la iam beletan, nun larmstrekitan kaj ruĝan vizaĝon.

La Ĉefkuracisto demandis: «Ĉu ia nekuracebla malsano vin afliktas?»

«Ne, ne! Mi estas sana, forta. Mi donus mian tutan sanon, mian tutan junan forton, por savi lin! Mi donus mian sangon, mian vivantan koron, miajn junajn ostojn al la punrado, miajn okulojn al la korvoj, por savi lin! Ve, ve!»

«Lin?»

«Aĥ, sinjoroj, mia fianĉo, mia Johano, mia plejamata! Li estis tiel gaja, tiel aventurema. Mi amas lin, ĉar li estas kuraĝa, aventurema. Sed unu tagon li ĉasis cervon en la reĝa arbaro, kaj la arbargardistoj kaptis lin. Kaj la kortumo tuj mortkondamnis lin. Li devas morti. Mia Joĉjo devas morti kaj iri sub la teron. Kaj kiel mi restu sur la tero en la sunlumo? Mi malamas la sunlumon! Ho, sinjoroj, mi tiom, tiom, tiom amas mian Joĉjon!»

La reĝo silentis longe kaj terure. Lia tuta animo falis en vastan puton de silento kaj dum longa tempo ne trovis la fundon. La Ĉefkuracisto trifoje ekpenis paroli, sed trifoje la vizaĝo de la reĝo timsilentigis lin. Finfine la reĝaj lipoj movetiĝis, sed la Ĉefkuracisto aŭdis nur la vorton «pokalo». Nova longa silento sekvis. La junulino ne plu ploris; apatia mizero ŝajne venkis ŝin. Ŝi nur tremis iom en la malsekaj vestaĵoj.

«Mi estas apartigita, sanktigita, por fari taskojn, kiujn nur mi povas fari.»

La vortoj estis apenaŭ aŭdeblaj.

Alia longa silentado sekvis. La soldatoj, diskrete malproksimaj, komencis vetludi per diverslongaj herbopecoj.

Finfine la reĝo parolis laŭte; kaj kiam li parolis, li parolis aŭtoritate, afereme.

«Kiam via fianĉo devas morti?»

«Morgaŭ — — — aĥ, aĥ, aĥ!»

Karlo, Reĝo de la Eta Regno, Imperiestro de la Sep Insuloj, Defendanto de la Vera Kredo, Triumfinto super la Tri Maroj, Teruro de la Turkoj, Skurĝo de la Saracenoj, Patro de Sia Popolo, la Kompatema, la Plejpotenca, la Nevenkebla, malrapide demetis maldikan silkan ganton. De mano jam malbeligita per lepro, li forprenis la reĝan sigelringon. Poste li denove surmetis la ganton.

«Mi bezonas la nomon de via fianĉo, junulino. Ĉu li nun loĝas en la ordinara urba karcero?»

«Jes, jes. Johano Sagfarist. Ho, mia kara, mia kara!»

La reĝo turnis sin al la Ĉefkuracisto kaj donis al li la sigelringon.

«Vi rajdos tuj al la karcero, kaj ordonos, ke ili liberigu tiun Johanon. Poste mi preparigos taŭgan pardondokumenton; sed mia ringo sufiĉos por liberigi la junulon. Ordonu al li, ke li tuj serĉu sian fianĉinon — — — kaj konsilu al li, ke li ne plu risku vivon tiel valoran al alia homo.»

La Ĉefkuracisto hezitis.

«Ŝia — — — vivo — — — — pagos?» li elvortis timeme.

«Obeu mian ordonon. Iru!» La reĝo parolis kviete, sed obeige. La Ĉefkuracisto forrajdis rapide.

«Junulino, via Johano revenos al vi.»

«Reven — — —?» Torento de brogaj larmoj montris la revolucion en ŝiaj emocioj. Kiam ŝi kapablis aŭskulti, la reĝo denove ekparolis.

«Jes; la reĝo pardonos lin. Ne dubu; mi jam disponis. Mi bone konas la reĝon; kaj vi povas certi, ke via kara estas sekura. Vivu longe kun li kaj estu feliĉa. Kaj jen —» li donacis al ŝi kelkajn ormonerojn — «edziĝfesta donaco por vi. Ĉu vi kredas, ke vere vi estos feliĉaj?»

«Aĥ, sinjoro, mi tiom amas lin. Kiam li parolas al mi, ŝajnas, ke mi konis lin jam antaŭ mia naskiĝo; kaj kiam lia mano tuŝas mian manon, mi iĝas la luno mem dum bela nokto: mi estas tiel lumoplena, ke mi mem estas nur lumo, tremanta arĝenta lumo. Sed pardonu, sinjoro — — — alta sinjoro, kortegano, nepre; mi estas nur simpla kamparanino kaj eble ne parolas konvene. Ho, kiel danki vin?» Ŝi volis ĵeti sin al liaj piedoj kaj kisi ilin.

«Ne penu danki, junulino — — —. Kaj estas pli bone, ke vi ne tuŝu min. La kialo estas tre stranga, sed — — — ne tuŝu min. Ne, ne — — nek miajn piedojn, nek miajn manojn.»

Kiam la junulino kapablis pripensi sian misteran savanton, ŝi konkludis, ke eble li estis ia sanktulo, kiu portis la stigmatojn kaj tial malpermesis tuŝi lin. Ŝi neniam plu vidis lin.

La reĝo Karlo multe izolis sin poste, krom por fari siajn ŝtatajn kaj ŝtatceremoniajn devojn. Li ne plu parolis kun la Ĉefkuracisto. Al la konfespatro li diris plurfoje, ke li sentas tenton penti bonan faron; kaj la konfespatro laŭeble helpis lin.

Post ses monatoj, kamparano, kies bovino ĵus mortis, freneziĝis. Dum lia frenezo, ŝtata procesio pasis; kaj la kamparano sukcesis, per la supernormala forto de frenezo, forpuŝi la reĝajn gardistojn kaj ponardi la reĝon tra la koro. Karlo mortis preskaŭ tuj, preskaŭ sen sufero.

La frenezulo klarigis poste, ke li mortigis la reĝon, ĉar tiaj homoj, speciale apartigitaj de la ordinara homaro, ne konas suferon. «Nur justecon mi faris, justecon!» la frenezulo kriis.

Kaj oni streĉis lin sur punrado, kaj faris sur li tion, kion la aliaj homoj nomis justeco.

4. LA SEKRETO DE LA LERNEJESTRINO

IATEMPE, la demisio de nia lernejestrino, fraŭlino Kotman, tre surprizis ĉiujn ekster la tre malgranda rondo, kiu sciis la sekreton. Tiu fraŭlino jam dormis dek jarojn en ligna talaro, kaj mi nun ne faros malbonon al ŝi, se mi rakontos al vi la veran historion malantaŭ la frua demisio de neordinare sukcesa lernejestrino.

Se vi demandos iun ekslernantinon de nia lernejo, pri kio ŝi memoras pri fraŭlino Kotman, la unua reago kredeble estos: «Nu, ŝi estis obeenda!» Tiu virino, alta, grizhara, iom reĝineca laŭ mieno, kun bela voĉo, estis unu el tiuj maloftaj kaj enviindaj personoj, kiuj havas naturan aŭtoritaton. Ŝi regis stabon de dudek sep virinoj, inter kiuj almenaŭ dek estis pli aĝaj ol ŝi, kaj ni ĉiuj konstante obeis ŝin sen dubo. Mi ne povas diri, ke la sescent kvardek knabinoj ĉiuj perfekte obeis la regulojn de la lernejo aŭ ĉiujn stabaninojn; ili estis ja sanaj, normalaj knabinoj! Sed kiam fraŭlino Kotman eniris iun klasĉambron, estiĝis silento tiel solida, ke oni preskaŭ povus palpi ĝin. Ni neniam havis severan punon en nia lernejo: sendi miskondutintan knabinon al la lernejestrino estis io tiel grava, tiaj aŭdiencoj estis tiel neforgeseblaj, ke ni ne bezonis pli konkretan punon.

Ne kredu, ke tiu aŭtoritata lernejestrino estis ekscese severa, kruela aŭ malagrable aroganta. Tiuj, kiuj havas veran aŭtoritaton, ne bezonas kriaĉi, insulti aŭ malatenti la sentojn de aliaj. Fraŭlino Kotman estis ĝentila, afabla, malavara; ŝi helpis multajn knabinojn kaj eĉ stabaninojn pri problemoj; ŝi ŝatis doni plezuron per donacoj, ĝojigi homojn per trafaj laŭdoj, konsoli malfeliĉulinojn per bone elektitaj simpatiaj gestoj kaj vortoj.

Mi obeadis, kaj ne tre sentis tiun obeadon malagrabla, dum ok jaroj, antaŭ la tago, kiam mi eksciis, ke ŝia aŭtoritato estas io pli ol estrina. Sed, unu frostan januaran tagon, kiam la knabinoj faris glitludojn en la korto kaj kristalaj floroj kreskis sur la fenestroj, niaj opinioj koliziis. Strange, mi nun tute forgesas, pri kio ni havis tiun konflikton. Sed mi neniam forgesos, kio okazis.

Ni estis en ŝia kabineto; ŝi sidis malantaŭ skribotablo kaj mi staris kontraŭ ŝi; kaj mi protestis aŭ disputis pri iu afero, probable pri iu bagatelo rilata al lunĉhoraj deĵoroj aŭ ekzamenaj programoj. Fraŭlino Kotman estis okupita, mi iom persistis; ŝi nervoziĝis kaj diris, ne vere kolere, sed nur kun ia milda kaj preskaŭ bonhumora malpacienco:

«Ho, Nesbit, iru en la flamojn!»

La blasfemo estis tre milda, iom tipa ĉe virina stabo: mi ne ŝokiĝis morale; mi nur paŝis al la granda fajro kiu muĝetis sub la *Sunfloroj* de van Gogh en tiu bela ĉambro, kaj mi certe estus min ĵetinta en la kamenon kaj grave brulvundinta min ... sed fraŭlino Kotman revokis min same modere:

«Revenu, Nesbit, kaj sidiĝu.»

Mi revenis kaj sidiĝis.

Mia paŝado al la flamoj ne estis ia infana gesto post ofendiĝo, aŭ ia stulteta ŝerco. Kiam la lernejestrino diris al mi, sen vere malbona intenco, «Iru en la flamojn», mi komencis iri en la flamojn aŭtomate.

Poste ni dum eble kvin minutoj — kvankam ŝajnis pli longe

— sidadis kaj fiksrigardadis unu la alian en densa silento.

Finfine la lernejestrino malfermis la buŝon denove, sed iom dube kaj hezite, kvazaŭ ŝi timus, ke eble tiu aparato estas danĝera.

«Mi bedaŭras, fraŭlino Nesbit, ke mi blasfemis.»

«Ne atentinde.»

«Vi scias, ke mi neniam blasfemas. Mi ne ŝatas vantajn vortojn. Mi permesis al mi malpacienciĝi.»

«Eble mi mem persistis netaŭge.»

Jen la civiliza konduto, kiun oni almenaŭ esperas trovi inter instruistinoj: rapida interpaciĝo, oblikvaj pardonpetoj, ĝentila modereco ambaŭflanke. Tamen, restis la fakto, ke mi iris al la flamoj kaj ke nur la nova ordono de fraŭlino Kotman savis min de terura akcidento, se en tia kazo tio estas la ĝusta vorto. Okazis plua paŭzo.

«Fraŭlino Nesbit, vi laboras ĉi tie jam de sep jaroj —»

«Ok, fakte, fraŭlino Kotman ...»

«Pardonu min, ok. Mi ĉiam trovis vin serioza kaj fidinda virino. Mi ĵus faris ion tre malsaĝan kaj mi ŝuldas al vi klarigon.»

Mi silente demandis min, ĉu mi diru «Estas bagatelo — lasu, mi petas,» sed ne diris. Se iu blasfemas al iu alia, «mi pardonpetas» kaj «lasu» sufiĉas por fini la aferon; sed se iu diras al iu alia, «iru en la flamojn» kaj la alia senreziste iras en la flamojn, ne temas nur pri momenta malĝentileco.

«Mi invitas vin vespermanĝi kun mi morgaŭ, en mia hejmo.»

Mi sentis, ke tio ne estas nur paciga afablaĵo.

«Mi devos klarigi ion al vi. Sed mi petos, ke vi ĵuru absolutan sekretecon. Ĉu tio ofendos vian konsciencon?»

«Ne, mi konsentas ĵuri; ĉar certe temas pri io grava.»

Mi ne scias, kion mi atendis ĉe tiu vespermanĝo, sed certe

mi ne atendis tion, kion mi vidis. Fraŭlino Kotman bonvenigis min afable kaj ni iris en ŝian manĝoĉambron, kie brilis sur la tablo manĝilaro por kvarplada vespermanĝo.

«Mi timas, ke vi faris multan laboron!» mi komentis; mia gastigantino respondis per ironia rideto.

«Ĉu supo asparaga plaĉas al vi?»

«Jes.»

Ŝi alportis du suptelerojn kaj belan korbeton kun diversaj panoj kaj panopecoj. Poste, ŝi metis sur la tablon inter ni supujon duonplenan de varmega akvo, kaj diris al ĝi milde sed firme: «Fariĝu bona asparaga supo.»

La varmega akvo iom kirliĝis, poste plidensiĝis, verdiĝis; kaj agrabla odoro de asparago tiklis mian flarilon.

Tiu senprecedenca kuirmaniero vere senaplombigis min; kaj mi restis kun buŝo malfermita kaj tremanta, sed, kiam fraŭlino Kotman disdonis la supon, kaj mem ekmanĝis, mi finfine trovis pli racian uzon por mia malfermita buŝo, kaj malrapide plitrankviliĝis. La supo estis bonega, kaj varma fluidaĵo helpas ĉe kazoj de nervoŝoko.

«Ankoraŭ iom da pano?» proponis mia estrino banale.

Mi rigardis mian supon kaj subite ricevis ideon.

«Mi scias, ke eble ŝajnos iom troformale, sed ĉu vi konsentas peti Dian benon je nia manĝo?»

Fraŭlino Kotman paŭzis, alprenis taŭgan pozon kaj gravmiene deklamis la kutiman benopeton, kiun ŝi ĉiutage diradis ĉe la lerneja tagmanĝo.

«Amen!» mi respondis. Nu, ateisto povus diri preĝajn vortojn pro iu motivo de sinprotektado aŭ ĝentileco, sed satanisto ne farus tion meze de programo de nigra magio. Mi demandis min, ĉu mia estrino hipnotas min.

Ŝi alportis longan, grandan pladon, meze de kiu kuŝis unu sardelo, kaj vitran pelvon, en kiu herbotufeto aspektis apetitveka nur por kanario. Firme sed tute milde ŝi ordonis al la sardelo: «Fariĝu perfekte kuirita salmo», kaj al la herbotufo: «Fariĝu miksita salato.»

Mi ne scias, kiel ŝi poste uzis la superfluon de tiu impona salmo, sed la porcio, kiun mi manĝis, estis tre bona, kaj la salato estis inda je ĝi. Sekvis rostita anaso, kun oranĝosaŭco, terpomoj, pizoj kaj karotoj; ĉiuj mistere estiĝis el peceto da ŝinko kaj kelkaj folioj.

«Kian deserton vi preferas?» fraŭlino Kotman demandis.

Nu, mi diris al mi mem, se ŝi faras ian brile lertan trompaĵon, mi povos embarasi ŝin.

«Glaciaĵon? Kukon? Frukton? Torton?»

Mi decidis postuli ion, kio nepre ne estas en la domo.

«Se estas eble,» mi respondis, «mi volus manĝi freŝajn arbutojn kaj gujavojn.» Tiuj fruktoj tute ne kreskas en nia lando, kaj eĉ por aĉeti ilin en skatolo oni devas serĉi specialan elitan vendejon. Fraŭlino Kotman verŝajne komprenis kion mi celis, ĉar denove ŝi ridetis ironie. Kiam ŝi diris al kelkaj sekigitaj riboj en fruktopelvo: «Fariĝu multaj freŝaj arbutoj kaj gujavoj», la tuja metamorfozo finfine konvinkis min, ke ne povas temi pri lertega trompaĵo; kaj, ĉar fakte mi mem neniam antaŭe vidis aŭ gustumis tiujn fruktojn en freŝa stato, mi ne sciis, kiel povas temi pri hipnoto. La fruktoj estis bonegaj. Fraŭlino Kotman preparis kafon laŭ la normala metodo, kvankam mi ekdubis, ĉu ŝi akiris la materialojn per aĉetado.

«Ĉu vi povas krei ĉokoladojn?» mi demandis. «Mi sentas min iom svenema, kaj ekstra sukero eble helpos.»

«Molajn aŭ malmolajn internaĵojn?»

«E ... e ... ne gravas.»

Ŝi ĵetis kelkajn pecetojn da kafo-sukero en alumetskatolon kaj ordonis: «Fariĝu granda skatolo da luksĉokoladoj.»

Ni manĝis plurajn el ili; ili estis tre bongustaj.

La plej granda biologia merito de la homo estas, ke ni kapablas adaptiĝi al tre diversaj cirkonstancoj; mi donis novan pruvon pri tio, ĉar mi finis tiun vespermanĝon kaj eĉ ĝuis la bongustajn manĝaĵojn. Venis la tempo por la promesita klarigo. Ni eksidis apud la fajro, kun nia kafo.

«Mi estas unu el tiuj homoj, al kiuj ordoni estas plezuro. Mi ne volas malbonfari; vi vidis, ke kiam mi en momenta kolero ordonis al vi iri en la flamojn, kaj vi komencis fari tion, mi tuj savis vin.»

«K ... kaj vi estas bona kaj humana lernejestrino.»

«Tia mi almenaŭ penas esti. Nu, mi scias, kial mi tiel forte deziras aŭtoritaton. Mi estis la kvina infano de iom severaj gepatroj; mia plej aĝa fratino konstante regis kaj ĉikanis min, ĉiuj gefratoj regis min kaj insistis sentigi al mi sian superecon. Kiam mi estis dekkvarjara, mi preskaŭ freneziĝis pro miaj intensaj koleroj kaj ribelaj sentoj. Mi penis liberigi min, sed baldaŭ sciiĝis, ke rekta kontraŭado kaj luktado nur venigas novajn punojn kaj humiligojn. Mi multe meditis, kaj mi venis al la konkludo, ke, se mi ne volas esti regata dum la tuta vivo, iel mi devos regi. Mi ankaŭ komprenis, ke la unua stadio estas regi min mem. Mi rimarkis jam en la lernejo, ke tiuj, kiuj regas per teatrecaj aŭ histeriaj metodoj sukcesas nur portempe kaj malcerte, kaj tiuj, kiuj regas per krueleco, naskas malamon kaj venĝemon. Sed kelkaj regadis per memfida firmeco kaj videbla kapablo; ili havis tiun kvaliton, tiam al mi misteran, kiun ni nomas *aŭtoritato*; kaj tion mi volis akiri.

»Mi komprenis frue, ke unue mi devos regi min mem. Vi scias, ke mi ne fumas, mi ne trinkas alkoholaĵojn, mi ĉiutage faras eĉ nun kelkajn minutojn de gimnastiko; mi dormas nur laŭ miaj realaj bezonoj. Kiel studentino, mi tre studis, ne nur por lerni, sed ankaŭ por pliigi mian memregadon kaj fortigi mian konscian volon. Granda voloforto kaj la sekva aŭtoritato estis miaj celoj.

»La psikologo William James[1] iam diris, ke la ordinara homo utiligas eble la dekonon de siaj veraj latentaj kapabloj.»

«Tion mi facile kredas!» mi interrompis. «La deziro, utiligi nin mem, estas grava faktoro en la sukceso.»

«Ĝuste. Nu, eble mi lernis kiel utiligi, ni diru, la trionon de miaj kapabloj. Mi sukcesis en mia kariero. Mi akiris diplomon de la unua rango, duan diplomon pri psikologio, aliajn kvalifikojn; kiel instruistino mi tre sukcesis kaj nun mi estas lernejestrino. Iam mi intencis celi multe pli alten. Mi rimarkis, ke la homoj obeas min. Vi espereble konsentas, ke mi ne uzas mian potencon por suferigi la homojn.»

«Konsentite!» Fakte mi kaj miaj amikinoj kelkafoje trovis ŝin iom tro puritana; sed la mondo estus multe pli agrabla homejo, se ĉiuj potencaviduloj uzus sian potencon tiel senkulpe kiel uzis ĝin fraŭlino Kotman.

«Iam mi vidis min kiel ĉefinspektorinon, eĉ kiel ministrinon —;» (kaj mi ne ridis) — «sed unu tagon okazis io, kio modifis mian ambicion. Mi dum la tuta matura vivo sopiris al aŭtoritato, ordonpovo, kvankam mi strebis al ĝi per decaj metodoj kaj volis uzi ĝin dece kaj helpe. Mi konscie pliigis kaj koncentris mian voloforton. — Prenu alian ĉokoladon, fraŭlino Nesbit, aŭ ĉu vi preferas, ke mi estigu nuksojn?» — Mi kontentiĝis per ĉokolado.

---

1 Elparolu proks.: *Viljam Ĝejmz.*

— «Nu, mi estis jam lernejestrino, sukcesa kaj memfida, kiam unu tagon, en la kontoro, la sekretariino pardonpetis, ĉar ŝi ankoraŭ ne tajpis kelkajn leterojn; la skribmaŝino ne bone funkciis. Mi ne estas tre lerta pri maŝinoj, sed pro ia ĝentileco mi rigardis ĝin. Eble ankaŭ por kontroli; oni ofte devas iom suspekti pretekstojn. Ŝajne io misfiksiĝis interne, tiel ke la cilindro aŭ rifuzis moviĝi, aŭ saltis spasme. Mi iom sencele eksperimentis dum kelkaj momentoj. Mi estis ege okupita tiutempe, kaj estis tre ĝene, ke la sekretariino ne povis bone labori. Mi vere volegis, ke tiu maŝino funkciu bone. Kaj, tiel, kiel ni ofte parolas al senvivaj objektoj, mi diris al ĝi, kolerete: 'Ho, vi, stulta skribmaŝino, ordiĝu do tuj!'»

«Kaj ĉu ĝi ripariĝis?»

«Mi ne scias, kio okazis, ĉar mi ne komprenas la mekanismon de skribmaŝino, sed la cilindro subite ekmoviĝis tute bone. Mi diris al la sekretariino: 'Hej, ŝajnas, ke mi hazarde tuŝis la ĝustan parton!' Ŝi estis kontenta, mi estis kontenta, sed mi sciis, ke mi ne tuŝis ion gravan. Tiun vesperon, mi faligis iom da saŭco sur mian robon. Mi diris al la makulo 'Malaperu!' — kaj ĝi malaperis. Tiam mi komprenis, ke mi akiris tian aŭtoritaton, ke mi povas ordoni ankaŭ al la materia mondo. Ĉu tiu kolĉeno estas al vi speciale kara?»

«Ne; ĝi estas nur el ruĝa fajenco, sed ĝi konvenas al tiu ĉi robo.»

Fraŭlino Kotman etendis la manon. «Ĉu vi permesas?»

Mi donis al ŝi mian kolĉenon.

«Nu — u. Mi ne faros por vi diamantojn; estus tre malfacile klarigi, kiel instruistino akiris diamantan kolĉenon. Sed mi alte taksas vin, kaj mi vere deziras fari ion plaĉan al vi.» Ŝi rigardis mian kolĉenon. «Fariĝu samlonga kolĉeno el ruĝa koralo, kun ora fermilo. — Nu, mi esperas, ke ĝi plaĉas al vi.»

Ĝi ja plaĉis al mi. Ĝi ankoraŭ estas unu el miaj plej belaj juveloj.

«Momenton.» Ŝi vidis peceton da ia malpura drato en la karbujo. «Faru el tio ringon, kies grandeco taŭgas al via fingro.» Mi obeis, kvankam frosteto trakuris miajn vertebrojn. «Dankon! Fariĝu ora ringo kun koralaj ŝtonoj. — Mi esperas, ke vi portos ĝin kun plezuro.»

Ĝi tre plaĉis al mi; ankaŭ la braceleto, kiun ni poste faris, per la sama metodo. Oni ne kutimas ricevi tiajn kompensojn pro momenta malbela vorto.

Fraŭlino Kotman povis ordoni al la senviva mondo. Ŝi klarigis al mi siajn multajn eksperimentojn, diversajn esplorojn. Ŝi ne povis krei ion el nenio; ĉiam ŝi devis komenci per ia materio, kaj ŝajnis, ke la materio devis havi ian similecon al la dezirata objekto; el kolbaso ŝi povus krei rostitan porkidon, sed ne broĉon kun opaloj; ŝi ne povis krei al si aŭtomobilon, sed ŝi povis ĉiam ordigi sian aŭtomobilon, kiam ĝi paneis. Ŝi ne povis ordoni sen vortoj. Mi demandis, ĉu ŝi povas sanigi; ŝi respondis, ke ŝi sanigis sin mem de kelkaj malgravaj vundoj kaj dufoje de gripo, sed ŝi ne povas sanigi aliajn. Verŝajne la volo, eble la subkonscia volo, de la alia homo, tro rilatas al la malsano aŭ akcidento. Ĉu ŝi povas enamigi homojn? Ŝi neniam eksperimentis, kaj kredis ke ne estus dezirinde. Probable ŝi ne povus, ĉar al tio tro rilatas la volo de la alia. Sed homoj preskaŭ ĉiam blinde obeis ŝiajn ordonojn. Ŝi ne povis modifi la veteron aŭ revivigi mortan beston, sed ŝi iam nigrigis grizan katon. Ĉiam ŝi senkoste refarbis kaj tapetis la internon de la domo; sed la eksteron refarbis profesiuloj. Alie la sensacio kaŭzus al ŝi grandajn ĝenojn.

«Mi ne komprenas, kial vi ne iĝis milionulino,» mi diris. «Vi povas fari oron, diamantojn, ĉiujn luksvarojn, el rubaĵoj.»

«Kial fariĝi milionulino, se mi jam povas plenumi iun ajn normalan materian deziron kaj fari iun ajn donacon por persono, al kiu mi volas doni plezuron?» ŝi demandis. «Sed ankaŭ — pripensu. Mi devas tre rigore kaŝi mian potencon. Mi bedaŭras, ke vi scias pri ĝi; sed mi per momenta manko de sinregado montris ĝin al vi, kaj estas pli bone, ke vi sciu la tuton, ol ke vi diversmaniere hipotezadu kaj eble ektimu, malfidu, eĉ malamu min. Sed imagu, kio okazus, se multaj homoj scius pri mia potenco. Fakte, je la komenco, mi imagis, ke mi povos fari vastan bonon al mi mem kaj vastajn servojn al la homaro: eble doni nutraĵojn al la malsataj milionoj, forigi dezertojn, estigi sekuran pacon, konstrui lernejojn kaj hospitalojn en la malriĉaj landoj. Sed mi pensis pri la ĵurnaloj kaj pri la homa avideco. Ĉiuj petus de mi ion; homoj eble interbatalus por akapari miajn servojn; superstiĉoj estiĝus ĉirkaŭ mi kaj eble aliaj homoj ĉesus penadi. Ĉu vi komprenas?»

«Jes.»

«Troviĝas alia afero. Mia voloforto estas supernormala, sed mia scio ne estas. Mi estas klera virino, sed mi ne povas ĉion scii. Mi ekkomprenis, ke drastaj faroj povus kaŭzi ekonomiajn krizojn, psikologiajn krizojn, amaspsikozojn, militojn. Do, mi limigis min al tiuj kampoj, sur kiuj mi fidas al mia juĝkapablo. Antaŭ nelonge mi kreis el malgrandaj moneroj dudek kvin belajn orajn broĉojn, kaj sendis ilin anonime al organizo, kiu helpas rifuĝintojn. Multaj malriĉaj pensiuloj en nia urbo ricevas anonimajn donacojn de manĝaĵoj aŭ karbo. Kaj tiel plu. Eĉ al miaj stabaninoj — mi donacas diversajn objektojn, sed mi neniam kuraĝas donaci ion, kion malavara lernejestrino ne povus normale donaci el sia salajro.»

«Kaj pri vi mem ...?»

«Denove — la homoj estas enviemaj kaj scivolemaj. Se mi vivus tro bone, oni komencus fari demandojn. Kaj ĉu vi povas imagi la batalon de juristoj, kiu okazus, se la impostistoj scius pri mia kazo? Mi neniam plu ĝuus trankvilan horon. Mi faras por mi mem diversajn objektojn, sed mi devas ankaŭ butikumi normale. Mi riskas vivi iom pli lukse, ol mi povus per mia nura salajro; oni kredu, ke mi heredis ion, aŭ ke mi havas ian ne perlaboritan enspezon, ekzemple per akcioj. Sed mi devas tre limigi min. Nur kiam mi libertempas eksterlande, mi riskas iomete pli.

»Ofte mi tre bedaŭras, ke mi ne kuraĝas uzi mian potencon pli profite al la homaro. Sed mi frue alkutimiĝis al serioza pensado, kaj mi komprenas, ke eĉ miaj bonaj intencoj povus estigi tragedion por mi mem, eble ankaŭ kataklismon por la homaro. Estas malfacile gardi mian sekreton; ofte mi bezonas mian voloforton, por ke mi ne faru aŭ diru ion, kio perfidus min. Nervostreĉa vivo ... sed interesa ...»

Mi iris hejmen noktomeze, kun miaj juveloj, la restantaj ĉokoladoj kaj pluvombrelo, kiun ŝi faris por mi el peco da brulligno, ĉar subite ekpluvegis. Mi pensis, pensadis; ne povis dormi. Mi demandadis min, ĉu mi ne povus proponi pli grandskalan aplikadon de tiu eksterordinara kapablo? Sed mi ĉiam revenis al la konkludoj, al kiuj jam venis fraŭlino Kotman mem.

Estis strange, laboradi dum ankoraŭ du jaroj kaj duono sub la gvidado de lernejestrino, pri kiu mi sciis sekreton, kiu povus ŝanĝi la mondon. Mi pli kaj pli admiris ŝian moderecon kaj modestecon.

Mi esperas, ke mi neniam misuzis mian scion, sed, post kelkaj hezitoj, mi jam iom uzis ĝin. Kiel mi ofte diris al ŝi: «Mi ne petus de vi oferojn, sed, ĉar kostas al vi nenion, ĉu estas malbone peti?» Mi zorgis, ke mi ne estu nedece deziroplena; sed estis agrable ripari sian brakhorloĝon senkoste, akiri novajn ŝuojn aŭ havigi al si novajn kurtenojn. Mi ankaŭ rekomendis al ŝi diversajn malfeliĉajn personojn, kiujn ŝi volonte helpis.

La falo de fraŭlino Kotman estus tragedio ĉe alia persono, sed perdi sian postenon, kiam oni kapablas krei ĉion, kion oni bezonas, vere ne estas granda katastrofo. Mi jam menciis, ke ŝi neniam trinkis alkoholaĵojn, ĉar ili malfortigas la sinregadon kaj voloforton, kaj, precipe, ĉar ŝi timis malkaŝi sian sekreton. Sed ĉe iu novjara festo en la hejmo de sinjoro Roberto Roben, loka riĉulo, ni ĉiuj estis tre gajaj. Ni iĝis iom bruaj; ni kantis, iu deklamis komikan poemon, iuj faris infanecan ludon kun korkoj — ne temis pri ia fia diboĉo, sed ni iom perdis nian ĉiutagan dignon. Ankaŭ fraŭlino Kotman ridis kaj ŝercis; kaj sinjoro Roben insistis, ke ankaŭ ŝi gustumu ian likvoron. Ŝi videble sentis, ke ĝentileco kaj takto preskaŭ postulas, ke ŝi ne tro insistu pri sia abstinencemo — kaj ŝi ne havis fortan moralan principon pri la demando, sed pensis nur pri sinprotektado. Ŝi do konsentis trinki ian fortan likvoron.

Ŝi ne trinkis malmodere; sed ni memoru, ke ŝi neniam antaŭe gustumis ion tian. Ŝi komencis ridi iom brue ...

Kiam ŝi leviĝis kaj volis transiri la ĉambron, por rigardi iun bildon, ŝi ne paŝis tre firme; tial ŝi batis la tibion iom forte kontraŭ tableton. La tableto estis unu el tiuj, sub kiuj estas malgrandaj librobretoj.

Ni ĉiuj scias, ke subita forta bato sur la tibio ja doloras; kaj estas eble pardoninde, eligi ian ne tre noblan frazon. Sed, kompreneble, kiam fraŭlino Kotman kriis: «Ho, disfalu vi!» — la tableto disfalis. Ĝi disfalis en mil lignopecetojn en speco de silenta eksplodo, antaŭ gesinjoroj Roben, doktoro Klap kaj ses aŭ sep el miaj koleginoj. La libroj flugis ĉiudirekten, fraŭlino Kotman stumblis pro unu el ili, falis, batis la kubuton sur kolonlampon, kriis al ĝi: «Krevu!» kaj poste eksidis sur la planko inter libroj, lignofragmentoj, vitrosplitoj kaj pecetoj el la pergamena lampoŝirmilo. La krevado de la lampo nudigis elektran draton, kaj sinjoro Roben ricevis elektran kurenton tra la brako. La voltaro ne sufiĉis por brulvundi lin, sed kompreneble li kriis, saltis, puŝegis fraŭlinon Forlon, faligis fraŭlinon Stondal kaj mem falis tiel malbonŝance, ke li eksidis sur la lernejestrino. Ni ĉiuj kuris, ne tre lerte, por helpi; nuda elektra drato kaj akraj vitrosplitoj faris belan laboron, ĝis doktoro Klap retrovis sian prudenton kaj malŝaltis la elektron ĉe la muro. En kvin minutoj la salono iĝis batalkampo. Ĉiuj estis iel vunditaj, kvankam, feliĉe, nur la tablo kaj la lampo estis neripareblaj. Fraŭlino Forlon havis purpuran ŝvelaĵon sur la frunto. Mia nazo sangis — sinjoro Roben leviĝis ne atentante tion, kio estis super lia kapo, kaj tiun lokon okupis mia nazo. Kaj mi vidis ion, kion mi neniam antaŭe vidis: fraŭlino Kotman ploris.

Ni sukcesis modere bone reordigi nin, pansi niajn vundojn, forigi la danĝerajn fragmentojn kaj eĉ konsoli nian amikinon, kiu pli ol necese hontis kaj kiu timis katastrofan skandalon.

Ni neniam diskutis tiujn eventojn. Estiĝis ia implica interkonsento, ke ni ĉiuj iom tro trinkis, ke okazis ia akcidento, ke ia konfuzo sekvis kaj ke, en la konfuzo, iu el ni frakasis du meblojn. Kaj, eble plej grave, ke, ĉar ni iom tro trinkis, neniu klare memoras, kio okazis.

Vi rimarkos, ke la sekvo de eventoj iom konfuziĝis, sed

vi konsentos, ke tiuj eventoj okazis. Tamen, fraŭlino Kotman demisiis kaj kiel eble plej frue, translokiĝis (per normalaj transportiloj) al alia urbo, kie ŝi aranĝis por si mem belegan hejmon (grandparte per metodoj tre neortodoksaj). Parenteze, ŝi sendis al sinjoro Roben belan kolonlampon, kaj tableton iom pli bonkvalitan ol tiu, kiun ŝi detruis. Li diris al mi iam, ke li bedaŭras, ke frue demisiinta, ankoraŭ senpensia ekslernejestrino elspezis tiom da mono. Mi ne sciis kion diri; do mi skuetis la kapon iom malgaje, kaj silentis.

La nova lernejestrino estis tute kompetenta kaj multaj el la pli junaj stabaninoj eĉ trovis ŝin pli simpatia. La disciplino en la lernejo iĝis iom pli demokrata, pli milda, sed ne degeneris en malordon. Tamen, foje fraŭlino Anthil, kiu apartenis, same kiel mi, al la maljuna generacio en la stabĉambro, diris al mi, kiam ni vespermanĝis kune: «La novulino ne estas dua fraŭlino Kotman. Mankas al ŝi tiu trankvila tono de memfida, plena aŭtoritato.»

Kaj mi, ludante kun mia or-kaj-korala braceleto, konsentis.

5. FENIKSO

L A OKULOJ de la astronomo ruĝis kaj doloris. Dum longa juvelita nokto li staris ĉe la teleskopo aŭ skribis en notlibro, faris etajn krucojn sur grafikaĵoj, komparis diagramojn. Li estis laca.

«Mi bezonas bonan tagplenon da dormo,» li diris. «Sed, unue, legi miajn leterojn kaj la matenan ĵurnalon.»

Li iris al sia skribotablo.

Miloj kaj miloj da astroj, milionoj da kilometroj; lumjaroj; orbitoj kaj sistemoj; temperaturoj, kiuj vaporigas feron kaj solidigas nitrogenon; aliaj gravitoj, lafaj montoj, amoniakaj maroj, glacirokoj kaj drivanta polvo; vasta matematiko de longaj nulovicoj; ekkompreneti tiun lumtremantan vualon el nigra veluro, gembrodita, tra kiu aerolitoj ofte trenas longajn lumfadenojn; la konoj, kiuj ĉiam kreskigas nian respekton al la kosma mistero; tio estis la vivo de la astronomo. Lumo; lumjaroj; kaj mondoj, kiuj pro la nulovicaj distancoj ŝajnas manplenoj da brilega polvo ŝutitaj sur vualon.

Nun la okuloj de la astronomo, tiel longe fokusitaj sur lumjarmile foraj steloj, fokusiĝis sur paperpecoj, ĉe la skribotablo en la kabineto. Li revenis al la planedo Tero.

Naŭzo kaj tremetoj maltrankviligis tiun eĉ pli malgrandan teron, kiu estis lia korpo, tiun etetan sateliton, ligitan per gravito al la surfaco de planedo.

La leteroj ne tre urĝis, kaj li metis ilin sub sian paperpremilon. La paperpremilo estis peco da fero: aerolito malgranda. La plimulto de la fera maso forvaporiĝis en la flugo antaŭ ol la aerolito trafis Teron. La objekto ne havis estetikan belon, sed ĝi plaĉis al la astronomo pro la profesia intereso kaj pro la mistero. Ĝi estis peceto de mortinta stelo, kiu traflugis vastajn vakuojn kaj — esceptaĵo inter la matematikaj probablaĵoj — renkontis alian stelon sufiĉe frue por ne tute elvaporiĝi.

La astronomo prenis la matenan ĵurnalon. Grandegaj majuskloj hurlis nervŝire.

Aŭtentikaj fotaĵoj de murdisto, kiu portis mankatenojn kaj de generalo, kiu portis brilajn ordenojn konkure postulis atenton. Ribeluloj, rifuĝintoj, protestaj manifestacioj, procesoj kun konfesoj, la konfesoj de kulpuloj kies vangoj estis kavaj kaj kies manoj senĉese tremetadis; filmstelinoj kun planedaj mamoj; perditoj sen pasportoj, tiuj astretoj sen normala gravito; karikaturo, sur kiu fumofungo kreskis en trietaĝa ŝpruco; fierigaj, konsolaj statistikoj pri tankoj, kanonoj, aviadiloj, atombomboj, hidrogenbomboj, kobaltbomboj; la lastmodaj aktualaĵoj de Dior kaj Schiaparelli (ŝikaj virinoj portos malpli longajn jupojn ĉi-jare; la harnodo eksmodiĝas kaj la lernejknaba buklaro iĝas lastmoda; drakosango estos la nova koloro por ungolako); la plej lastmodaj aktualaĵoj de la laboratorioj (ĉiu ŝika registaro nun havas stokon de hidrogenbomboj; la senskalpa harstilo baldaŭ estos laŭmoda, ĉiuj modkonsciaj virinoj portos sterilecon sub la jupo kaj la lastmodaj jupoj mem estos faritaj el forfalantaj haŭtopecoj; homsango estos la lastmoda kolorilo por la manoj de la ministraj moŝtoj); epizodoj sur landlimoj, kiuj perturbas multajn nervsistemojn kaj pro kiuj pluraj nervsistemoj ne plu funkcias; la astronomo legis la ĵurnalon kaj sentis tordiĝantan vermonodon sub la stomako.

Diplomatoj flugis tien kaj reen, ridetis por la fotografistoj, frazis kave. Komentistoj serĉis signifon en la frazoj kaj represigis malnovajn mapojn kun novaj simboloj kaj novaj longiĝantaj, kurbaj sagoj. La edzino de fervojisto ĵus naskis kvaropon. Belegaj infanoj, ĉiuj kvar estis knabetoj. Oni vokis al la flago la knabojn naskitajn antaŭ dek ok jaroj. Sed faru longtempan kontrakton kun la armeo por interesa, aventuroplena vivo. Ni havas interesajn novajn armilojn. Flegistino riskis la vivon por savi akuŝantinon dum incendio en la hospitalo. La patrino kaj la bebo bone fartas. Niaj novaj tankoj montras grandegan teknikan progreson. Ili tiom deziris infanon, ke la edzino defiis tri kuracistojn kaj vetludis la vivon por naski. Tri kuracistoj avertis pri la danĝero de stroncio 90 en la atmosfero. Deksesjarulino petis permeson edziniĝi: ni tiom amas unu la alian. Ni ne cedos eĉ centimetron de nia sankta teritorio. Mil cent dek kvar homoj proponis hejmon al hundido trovita en la trajno. Ni devos esti fortegaj por defendi la pacon. Radioaktiva pluvo falis sur pacifika insulo. Sciencisto forkuris orienten. Dancistino forkuris okcidenten.

La astronomo karesis la aeroliton, solidan objekton, kiu jam parte forvaporiĝis laŭ la ordonoj de la sorto. Ĝi restos, li pensis. La aerolito, la rifuĝinto el alia sistemo, estis konsole solida, difinita objekto en timige disvaporiĝema mondo. La astronomo vespiris kaj ŝaltis la radioaparaton.

Sloganoj, generaloj, ĝeneraligoj, konfliktoj, debatoj, voĉdonoj, li denove vizitis la ĉefministron, la ambasadoro reflugis al la ĉeŕurbo, ni ne cedos unu centimetron, ni defendos niajn rajtojn, la kvar potencoj, la malgrandaj potencoj, la senpotencaj amasoj, nova provo pri la hidrogenbombo, tre interesaj rezultoj, stroncio 90, uranio 235, tre interesaj numeroj, la tiraneco de la bolŝevikoj, la militemo de kapitalistoj, imperiismo, opresado, cenzurado, ŝtatperfido, spionado, la urbo estas kaptita per sturmo kaj oni portos malpli longajn jupojn ĉi-jare; ekspozicio pri novaj aviadiloj por varbi esperdonajn junulojn al la flugarmeo; epidemio de poliomjelito la Ministerio de Publika Sano diras sterileco pro laboro inter radioaktivaj substancoj la Papo diras dudek mil novaj rifuĝintoj multaj vunditaj la Ruĝa Kruco diras striko ĉe la fervojistoj la Ministerio de Trafiko faras anoncon stroncio 90 uranio 235 hidrogeno kobalto ni ne cedos unu centimetron prestiĝo akuŝhospitalo tri grimpantoj mortis proksime al la pinto jen la futbalrezultoj.

La astronomo malŝaltis kaj rerigardis la ĵurnalon. Li bezonis dormon, eĉ urĝe. Amaso da bildoj kaj konceptoj ĥaosis en lia kapo, pri mondo, kiu havis ĉion por feliĉigi, sed ŝajne ne havis la saĝon por permesi al si feliĉon. Kio okazos finfine? li diris. Ni jam revas pri kolonioj sur aliaj planedoj kaj ne kapablas toleri unu la alian sur tiu ĉi bela, nature vivsubtenema planedo. Marso tradicie simbolas militon; tamen sur Marso troviĝas eble ia verdaĵo, sed ne homoj.

«Mi enlitiĝos,» la astronomo diris. «Eble la mondo aspektos pli feliĉa, kiam mia cerbo estos freŝe vigla.»

Sed, por konvinki sin pri solideco, li tenis la malgrandan aeroliton sur la manplato, kaj sentis kiel la centro de la tero allogas la premantan pezaĵon. La pezo estis iel konsola, kuraĝiga.

«Ĉiu rifuĝinto povus rakonti historion,» la astronomo pensis, kaj remetis la aeroliton sur la leterojn; sed li daŭre fiksrigardis ĝin, pro la inerteco de granda laco; la malgranda objekto komencis iom hipnoti lin; ĝiaj konturoj iĝis nebulaj antaŭ la dolorantaj okuloj. Lia kapo ekzumis kaj la aerolito iĝis tremanta planedo, mondo en alia sistemo.

Al la astronomo ĝi rakontis historion.

«Tie, kie nun nigras absolute vaka spaco, kie nek gasoj kirliĝas nek roko pendas sur gravito-reto, iam estis planedo, planedo kun tero kaj maro, poste kun vivantaj estaĵoj en la maro, poste kun vivantaj estaĵoj ankaŭ sur la tero. Sur tiu planedo, kiun vi neniam vidis per teleskopo, troviĝis montoj, kiuj lumis purpurete sub la radioj de la stelo, kiu estis la granda centro de tiu sistemo. Glaciriveroj malrapide fluis. Vivantaj estaĵoj spiris atmosferon malpli densan ol tiu de Tero, kun multe malpli da oksigeno. La gravitotiro estis malforta sur la malgranda planedo, kaj ĉiuj vivantaj estaĵoj havis piedetojn kun suĉteniloj. La plantoj marŝis serĉante la plej varmajn lokojn. La lumo estis tre forta pro la glacio kaj la neĝo. Ĉiuj vivantaj estaĵoj, kiuj havis okulojn, havis tre dikajn palpebrojn duoblajn; la travideblaj palpebroj kovris la okulojn ĉiam, escepte dum la noktoj, kiam nur la astroj, inkluzive de Tero, estis videblaj, kaj la aliaj palpebroj ripozigis la okulojn.

La plej inteligentaj bestoj sur tiuj planedoj estis la *rjuiaoj*; ili estis kovritaj de mallonga, densega ora felo, kiu brilis sub la forta respegulata lumo. La pensa aparato estis en la plej malsupra parto de la korpo, pro sekureco kontraŭ neĝoŝtormoj kaj hajlo.

Ĉio malsimilis al la plantaro kaj bestaro de Tero; eble kosmaj memoroj malofte ĵetas detaleton de tiu planedo en vian menson dum songô; sed teraj vortoj ne ekzistas por klarigi al vi la plimulton de tiuj detaloj. Lumo, koloroj, sonoj, substancoj samis; sed ĉiuj kunmetaĵoj malsamis. Vi scias, ke, laŭ la atestoj de la spektroskopo, la samaj elementoj, aŭ pluraj el ili, troviĝas ĉie ... Sed alie, ĉio malsamis al Tero.

Ĉu feliĉo povis ekzisti sur tiu planedo? Ĉar la spektroskopo ne povas trovi feliĉon. Jes; feliĉo povis ekzisti sur tiu planedo. La *rjuiaoj* kapablis elekti unu la alian kiel kunulojn, admiri unu la alian kaj zorgi unu pri alia. Laŭ la difinaj vortoj de Tero, Amo ekzistis inter ili; kaj familioj; kaj grupoj; kaj kiam ili pli evoluis, la grupoj grandiĝis. La *rjuiaoj* luktis kune kontraŭ malvarmo, kontraŭ ŝtormoj; ili dresis plantojn, ke ili restu en bonaj lokoj; ili ebenigis montojn kaj trovis mineralojn en la grundo. Ili beligis sin per ametistoj kaj smeraldoj. Ili komencis regi la aliajn bestojn; kaj la aliaj bestoj iĝis pli grandaj, pli belaj, pli fekundaj.

Iu vidis similecojn inter kvarco kaj glacio kaj la okulaj lensoj de amata *rjuiaino*; kaj alia provis rekrei la trajtojn de sia morta patrino sur roko. La arto naskiĝis.

Jarmiloj kaj jarmiloj. Semi, konstrui, porti, komuniki, ariĝi.

Ĉu do malfeliĉo ekzistis sur tiu planedo, inter belaj, lertaj, fortaj bestoj, kiuj tiom kapablis feliĉi kaj venki la naturon?

Jes, ankaŭ malfeliĉo povis ekzisti. La plimulto de la *rjuiaoj* havis bonajn intencojn kaj nur eraris kelkfoje pro malforteco aŭ miskompreno; sed ĉiam kelkaj perceptis, ke la plej rapida vojo al ĝuado estis forpreni la laborfruktojn de aliaj. Envio ekzistis inter ili; malpacienco kaj, tial, malamo.

Ili povis kvereli; ili provis distiri unu la alian per suĉiloj; poste ili lernis ĵeti rokpecojn. Akraj glacipecoj ... kaj poste ili trovis feron.

Ili ekregis la fajron kaj kreis la domon, la hejmon. Ili poste eksciis, ke la fajro povas mortigi.

Jarmiloj kaj jarmiloj. Ariĝi pli strikte, venki distancojn, krei multajn belajn, komplikajn ilojn. Jarmiloj kaj jarmiloj.

Truante la teron por elpreni trezorojn, ili trovis multajn novajn substancojn. Sed en la truojn, el kiuj ili prenis novajn substancojn, ili ne formetis envion, malpaciencon kaj malamon.

Iam mi estis peco da stelo; kaj nur la silentaj steloj, sen vivantaj estaĵoj kaj sen scio, estis la alrigardantoj senkonsciaj kiam la bela, riĉa, vivsubtenema planedo malaperis.

La *rjuiaoj* havis ĉion: amon, amikecon, hejmojn, ilojn, artojn, metiojn, lumon, atmosferon, akvon, plantojn, bestojn. Milmiloj da aliaj steloj havis nur gasojn aŭ rokojn. Sed ili brilis kaj beligis la noktojn, la diversajn noktojn de la diversaj ĉefsteloj.

La *rjuiaoj* havis senfinan variecon, kaj trovis novajn, strangajn substancojn; kaj komprenis, kiel ili povos esprimi malamon plenplene, dum ili ankoraŭ, mallerte kaj vespirante pro la maladekvateco de la esprimiloj, fuŝesprimis amon. La vasta plimulto de la *rjuiaoj* volis daŭre provi, volis vivi, eĉ maladekvate, sed vivi kaj vivigi kaj iel krei estontecon; sed kelkaj *rjuiaoj* volis tuj havi ĉion kaj iĝi tre gravaj.

Tial, ili eksplodigis la planedon.

La katastrofo estis nur malgranda en la kosmo; subita tre bela lumego; pluvego da aerolitoj; nigra vakueco. Nenio; ĉar astroj ofte mortas.

Sed tiu planedo ne mortis nature; tiu planedo estis murdita. Amo, amikeco, hejmoj, iloj, artoj, metioj tuj malaperis. Milmiloj da belegaj komplikaĵoj kaj variaĵoj ne plu estis. Sur tiu planedo ne plu ekzistis eĉ lumo, eĉ maro, eĉ atmosfero por rekomenci. Aerolitoj forvaporiĝis en belaj lumostriaj flugoj; poste, silento, nigro, vakueco, absoluta nenio.»

«Fino,» diris la astronomo.

«Ne!» diris la aerolito, kun fera firmeco. «Ne fino; nur perdego, malŝparego, murdo de planedo vivsubtenema, eksperimento finita multe tro frue.»

«Lumjarojn malproksime de tiu nigra, silenta vakueco,

troviĝis Suno. Ĉirkaŭ Suno diversaj planedoj orbitis. Kaj, dum la lastaj, plej grandaj pecoj de la hejmo de la rjuiaoj ankoraŭ forvaporiĝis en flugo, dum tiu efemera beleco orpluvis en la vastega volbo, mistera nova energio ekvibris super la akvoj de Tero.

Kaj kelkaj etetaj, simplaj ĉeloj ekekzistis en la akvoj sur Tero.»

La astronomo duone rekonsciiĝis.

«Rekomenci ...» li flustris, kun tragika senpersona espero.

Kun fera firmo, la aerolito respondis:

«Ĉiam rekomenci ... aŭ daŭri ... daŭri kaj iri pli alten ...»

«Aŭ daŭri ... aŭ daŭri ... aŭ daŭri ...» ritme pulsis la sango, brue en la lacegaj oreloj, kiam la kapo de la endormiĝinta astronomo falis sur la skribotablon.

«Sur alia stelo, se ne ĉi tie ...» kantis merlo en la ĝardeno.

«Aŭ daŭri ... aŭ daŭri ...» ritmis la homa sango.

6. VESPERA VIZITANTO

UGO de Bach pensigas min pri punto tre delikata, sed el ŝtalaj fadenoj.

Mi aŭskultis, kaj la menso puriĝis, malpleniĝis, ordiĝis en la perfekta ordo de la muziko, tiel ke mi staris senmova kaj ne fermis la kovrilon de la gramofono. Post kelkaj belaj momentoj, mi hazarde rigardis la rotaciantan diskon; mi vidis sur ĝi ian flavan makulon. Mi palpebrumis plurfoje; la makulo restis. Mi perdis la fadenon de la fugo, dum mi purigis la okulvitrojn. La flava makulo restis. Tial mi pliproksimiĝis al la gramofono, kiu perfekte funkciis. La makulo estis sur tiu parto, kiun la nadlo jam tuŝis. Mi volis scii, kio ne estas en ordo; mi malŝaltis la aparaton. La fugo mortis en malagrabla gruntserio ... mi sentis doloreton ĉe la oreloj ... kaj poste mia koro preskaŭ haltis, kaj la nervoj en mia ventro kondutis kvazaŭ mi estus en lifto tro rapida.

La haltinta makulo montris sin homforma estaĵo, eble dek centimetrojn alta, blondhara, palvizaĝa, bluokula, porcelane delikata, portanta iaspecan kostumon el brilanta ŝtofo kun perlamotaj butonoj pinglokape grandaj; kaj la homforma estaĵo tuj komencis grimpi el la gramofono.

Mi trinkis nenian alkoholaĵon dum almenaŭ kvin tagoj; mi ne englutis ian ajn medikamenton; mi okupis min dum la tagoj en rutinaj komitatkunvenoj kaj rutinaj laboroj ĉe skribotablo, kaj mi kredas min relative sana, kaj mense normala, almenaŭ laŭ la ordinaraj kriterioj pri mensa normaleco.

La homa estaĵo ne estis malbela aŭ sovaĝaspekta; sed ĝi estis timiga, nur ĉar dekcentimetraj homoj ne estas ordinara parto de la mondloĝantaro. Mi elektis karieron ĉe la ŝtata asekura servo, parte pro ĝenerala deziro helpi la homojn; kaj tiu kariero instruis min ne tro atendi de la homoj; tamen, mi ankoraŭ atendis, ke la homaj dimensioj variu nur inter iuj statistike difineblaj limoj, kaj dekcentimetra alteco estis nepre ekster tiuj limoj; ankaŭ, verŝajne, ekster mia kapablo amikiĝi.

«Malstreĉu la muskolojn; enspiru profunde,» mi diris al mi mem. Mi penis regi min, kaj jam decidis, ke estas mia devo al la socio tuj konsulti kuraciston, ĉar tia halucino, en si mem ne danĝera kaj eĉ iom ĉarma, povas esti averta simptomo pri tre danĝera cerba aŭ psika malsano ... kiam la homa estaĵeto, grimpinte al la planko, ekmarŝis al mi kaj diris per mallaŭta sed tre klara kaj agrabla voĉo:

«Mi ne intencis interrompi vian plezuron.»

Post kvar provoj, kiuj perdiĝis en la gorĝo, mi sukcesis formi, kvankam iom fuŝe, la vortojn:

«Kiu vi estas?»

«Mia nomo estas Afono,» respondis la estaĵo, «kaj mi estas tre soifa. Mi petas vin, donu al mi akvon.»

La peto estis en si mem modera, racia kaj eĉ ĝentila. Mi rapidis al la banĉambro kaj revenis kun glaso da akvo. Ne tre inteligente, mi proponis ĝin al la estaĵeto, kiu, kompreneble, ne povis aŭ trinki, aŭ movi la glason. Ne estis facile trovi taŭgan ujeton en mia fraŭla apartamento; sed finfine mia cerbo ekfunkciis denove. Mi deprenis la kovrilon de la inkbotelo, lavis ĝin kaj proponis ĝin al Afono, kiu ĉerpis akvon el la glaso kaj trinkis. La ujo estis iom tro granda por li, sed li sukcesis sensoifigi sin, kaj mia neordinara situacio ŝajnis iom pli tolerebla. Afono pli similis al persono; kaj mi komencis denove percepti, ke, se problemoj estiĝas, mi havas homan menson, kiu eble kapablas solvi problemojn.

«Mi tre dankas vin, sinjoro!», diris Afono, demetante la kovrilon de la inkbotelo. «Nun mi povas paroli pli komforte. Sinjoro, mi bezonas vian helpon.»

Se ĝi estas halucino, mi pensis, ĝi estas eksterordinare bonedukita kaj saĝa halucino. Mi provos la efikon de simile ekvilibra sinteno.

«Sinjoro Afono», mi diris, «mi helpos vin se eble. Ĉu ekzemple vi deziras ion por manĝi?»

«Jes, mi petas vin. Sed ne urĝas. Eble ni devas unue interkonsenti pri kelkaj ĝeneralaj principoj. Mi ne volas ĝeni vin nenecese. Sed mi devas havi la helpon de tera ĉefbesto — pardonu min!, de homo — por fari mian taskon tie ĉi.»

«Ĉu vi ne naskiĝis sur Tero?»

«Kion signifas *naskiĝis*?»

«Venis al Tero ... ne, stulta difino! ... tio ne helpas ... komencis la vivon ... la sendependan vivon.»

«Ne. La homoj ĵetas multajn maŝinojn en la spacon. Ne estas mirinde, se kelkfoje io ekstertera alfiksiĝas.»

«Sed kiel vi aperis en mia ĉambro, sur mia gramofono? ... E ... ĉu vi deziras eksidi?»

«Mi dankas vin.» Afono sidiĝis kun krucmetitaj gamboj sur la planko. Mi falsidiĝis en brakseĝon. «Mi volonte klarigos al vi. Vi scias, ĉu ne, kio estas centrifuga forto?»

«Proksimume.»

«Do, se vi bone komprenas la rilatojn inter elektro kaj atomstrukturo, kaj la matematikon de la akustiko ...»

«Pardonu min, sinjoro: pri sciencaj temoj mi estas malklera, kaj bedaŭrinde mi ne kapablus sekvi vian klarigon.»

«En tiu kazo, mi diros nur, ke pro la speciala rilato inter spaco, tempo, materio, muziko kaj la elektro en via aparato, mi, kiu malsolidiĝis por veni al Tero, resolidiĝis, por ke vi perceptu min. Mi pardonpetas, se mi iom ŝokis vin. Mi elektis formon homsimilan, sed ni estas malgrandaj kaj estis neeble disponi sufiĉan materialon, por simili al homo laŭ grandeco.»

Mi ne estas freneza, mi pensis, sed tiu ĉi situacio povas esti multe pli grava, ol frenezo ĉe unu individuo. Povas eĉ esti, ke mia devo al Tero estas tuj detrui lin. Sed kiel? Mi ne fidis al la ŝajna supereco de mia fizika forto.

«Kion vi deziras?»

«Mi deziras loĝi ĉe vi dum kelkaj semajnoj. Mi petas vin doni al mi sufiĉon por nutri min. Mi kompreneble ne manĝas multon, kaj mi trinkas nur akvon. Miaj mastroj tiel instrukciis min, ke mia korpo funkcias kiel eble plej simile al homa korpo. Mi tamen ne povas utiligi ĉion, kion manĝas homoj. Mi petas vin, ke vi nutru min per vinberoj, fragoj, framboj, mielo, petroselo kaj migdaloj. Monon mi ne havas por kompensi vin, sed mi esperas, ke mi povos iom servi vin kontraŭ miaj manĝaĵoj.»

Kiel sciiĝi, mi demandis al mi, ĉu liaj intencoj estas bonaj aŭ malbonaj? Unue mi montru, ke la miaj estas bonaj.

«Jes, mi nutros vin.»

«Kaj vi helpos min fari aranĝojn por dormi komforte, lavi min, havigi al mi diversajn materialojn, kiujn mi bezonas?»

«Jes. Kaj kio estas via tasko tie ĉi?»

«Pri mia tasko, ni ankoraŭ ne parolos. Estos pli bone, ke unue vi alkutimiĝu al mi. Mia tasko certe ŝajnos al vi tre neordinara; kaj bedaŭrinde mi jam ŝokis viajn nervojn. Miaj mastroj donis al mi vortaron sufiĉan por ĉiuj probable bezonotaj klarigoj; sed ili ne povis modifi la mensojn de tiuj, kiuj ricevos la klarigojn. Mi do proponas kaj petas, ke unue vi gastigu min dum kelkaj tagoj.»

Kiam fraŭlo loĝas en apartamento, en domo, kie la dommastrino preparas la manĝojn, gasto el iu ekstera regiono kreas kelkajn problemojn. Tiuvespere mi havis ĉe mi nenion manĝeblan krom du pomoj, peco da ĉokolado kaj kelkaj kontraŭtusaj pasteloj. Pretekstante, ke mia gorĝo iom doloras, mi ricevis de la dommastrino iom da mielo kaj unu citronon; per tiu mielo Afono vespermanĝis kaj nutris sin dum la sekvanta tago ĝis mi revenis hejmen kun sortimento da taŭgaj manĝobjektoj. Kiam mi revenis hejmen, mi trovis Afonon sub la klavaro de mia skribmaŝino, tre similantan al mekanikisto kiu riparas aŭtomobilon. Li perfekte purigis la maŝinon, kvankam por li tia laboro estis iom peza kaj laciga. Li ankaŭ mortigis tri muŝojn kaj du moskitojn, kaj forigis de mia blua kravato du grasmakulojn, pro kiuj mi lasis ĝin sur seĝo en mia dormoĉambro.

Dum la sekvantaj tagoj, ni solvis diversajn problemojn. Per malnova pantoflo, kelkaj poŝtukoj kaj pinglokuseno (tiucele aĉetita) mi aranĝis sufiĉe komfortan liton por Afono. En ludilvendejo mi trovis por li miniaturajn tason, teleron kaj pelvon, sed ne trovis manĝilojn sufiĉe malgrandajn. Tial mi aĉetis kudrilojn kaj muntis du en pecoj da alumeto; kaj kvankam mustardkulero el plasto estis iom granda por Afono, li povis per ĝi manĝi mielon multe pli facile ol per la fingretoj. Ĉiam, kiam mi solvis por li problemon, li dankis min ĝentile; kaj ĉiutage li helpis min laŭ siaj kapabloj. Unu tagon, kiam lignospliteto eniris mian manon, Afono tuj sidiĝis sur mia manradiko kaj

85

lertege elprenis la lignospliteton. Fliklaborojn li faris bonege, kvankam li ne povis levi ion pli pezan ol ŝtrumpo. Kaj kiam la radioaparato komencis malbone funkcii, li rampis internen kaj rapide ordigis ĝin.

Mi iomete alkutimiĝis al mia stranga gasto. Li verŝajne volis eviti al mi ĉiun nenecesan ĝenon; li neniam faris troan bruon; siajn diversajn petojn li ĉiam faris ĝentile; kaj li tre zorge kaŝis sin de ĉiuj aliaj. Tamen, mi rilatis al li tute ne kiel al iu dorlotbesto. Ŝajnis, ke li havas intelekton de eminenta sciencisto kaj teknikisto, kaj ankaŭ havis profundajn sciojn pri tera muziko — kaj por aliaj specoj de muziko, kiujn mi ne povus eĉ supraĵe kompreni. Li neniam montris timon aŭ alian emocion — kvankam mi ne povis scii, kiajn emociojn li regas kaj kaŝas. Dume, mi ĉiutage faris miajn rutinajn laborojn en la kontoro, kaj penis atendi. Mi iom konsolis min per la penso, ke mia mistera vizitanto ŝajnas tute ne malica; sed samtempe mi timigis min per la penso, ke malica eksterulo, dotita per videble forta intelekto, kompreneble ŝajnigus sin bonvola. Mi ofte demandis min, ĉu mi ne devas priparoli mian problemon al iu policano aŭ administranto. Sed mi ne povis elpensi metodon por konvinki tian personon pri mia mensa ekvilibro, kaj opiniis, ke, se la eksterterulo estas vere danĝera al la homaro, mi, la sola kiu havas ian scion pri ĝi, ne povus tre helpi la homaron se mi estus mallibera en frenezulejo, kie psikiatraj drogoj kaj elektrokonvulsia terapio eble konfuzus mian relative sanan menson, kaj ju pli urĝe mi ekscitiĝus, des pli oni ne kredus min.

Post kelkaj tagoj, Afono faris al mi, ankoraŭ ĝentile, novajn petojn. Li deziris tre maldikan draton kaj diversajn substancojn, kiujn oni kutime trovas nur en laboratorioj. Tamen, laŭ mia tre limigita scienca scio, nenio, kion li petis, estas danĝera por homoj. Kupra sulfato estas venena, sed kelkaj gramoj ne taŭgas por ia mortiga kampanjo ... Mi aĉetis la draton kaj substancojn. Afono ĝentile dankis min, kaj lerte forigis ĝenan hareton de mia fontoplumo.

Kiam, sekvatage, mi revenis de la oficejo, Afono diris:

«Mi havas ion, kion mi volas montri al vi, kiam vi estos vespermanĝinta.»

Mi vespermanĝis, donis al Afono tri fragojn, kulerplenon da mielo kaj kelkajn folietojn de petroselo, kaj, kiam la dommastrino estis definitive for kaj Afono reaperis de sub la kovrilo de mia skribmaŝino, mi atendis.

Li montris al mi arĝentan objekton, kiun li povis teni inter la du manetoj. Al miaj okuloj, ĝi estis skatoleto, kiu iom similis al juvelo. Afono invitis min rigardi ĝin tra lenso. Mi uzis la lupeon, kiun mi kelkfoje uzas por rigardi mapojn. La arĝenta skatolo estis iaspeca maŝino, scienca aparato, farita laŭ tia mikromilimetra delikateco, kian mi neniam vidis, kaj kiun oni eble neniam trovus ĉe homfaritaj objektoj. La aparato aspektis ege komplika, kaj mi havis nenian ideon pri ĝia funkciado, signifo aŭ celo.

«Nun, sinjoro,» diris Afono, «se vi disponas iom da tempo, mi estas preta klarigi al vi miajn planojn.»

«Mi tre deziras aŭdi pri ili.»

Kaj mi sidiĝis sur la sofo, dum Afono grimpis sur malgrandan tablon, de kie li povis paroli kun mi sur proksimume la sama nivelo. Li prenis sian kutiman pozon, kun krucitaj kruroj, sub la folia baldakeno de potplanto.

«Tie, de kie mi venas, ni sentas bonvolemon al la ne tre evoluintaj teraj bestoj. Ni sendis diversajn misiojn por helpi ilin. Kelkfoje la misiistoj sukcesis, kelkfoje ili pereis. La celo de la nuna misio estas helpi la homojn kontraŭ unu el tiuj malsanoj, kiuj afliktas ilin: ekscesa bruado.

»Ni perceptis, ke homaj nervoj turmentiĝas, sano suferas, kaj la rezultaj malbonhumoro kaj streĉiteco ofte kaŭzas absurdajn aŭ malutilajn agojn, parte pro tiuj bruoj, kiuj rezultas, ne de fizikaj necesoj, sed de stulta egoismo. En urbegoj, kie loĝas la plimulto da administrantoj, kiuj devas fari gravajn decidojn, muelaj bruoj preskaŭ konstante distras kaj turmentas la orelojn. Motorbicikloj sen mallaŭtigiloj, motorbicikloj kaj aŭtomobiloj kun mallertaj kaj egoismaj veturantoj, sencelaj kriegoj, radioaparatoj kaj gramofonoj tro laŭtaj, ebriuloj sur la stratoj, megafonaj anoncoj pri ne urĝaj aŭ ne gravaj aferoj ...»

«Vi certe pravas pri la ĝenoj.»

«Nia raso estas raso de specialistoj pri tekniko, kaj larĝkulturuloj pri ĉio alia.»

Tion mi ja povis kredi: Afono jam multfoje montris scion tro profundan aŭ tro larĝan por mi, kies iama lernejo estis la kutima stultiga kolbasfabriko de niaj junaj jaroj.

«Mi venas tien ĉi kun du specialaj fakaj konoj. La unua ebligis al mi fari tiun ĉi aparaton, kiu, se mi turnas la ('ŝaŝakecan'? — mi ne komprenis la vorton) flankon al la kulpulo, grandigos kaj purpurigos la orelojn, proporcie al la morala graveco de la bruegoismo.»

Komento ne eblis, almenaŭ ne por mi.

«Mia alia kono estas sur la kampo de etiko. Oni instruis al mi komplikan ('kazomediecan'? — denove li uzis vorton, kiun mi ne konis) perceptkapablon pri tiaj bruaj agoj, juĝkapablon preskaŭ ne erarpovan. La grandigo de la oreloj dependas de du faktoroj: la laŭteco de la bruo, kiun la aparato mem registras, kaj la morala signifo de la brua ago; tiun ĉi mi mem perceptas, kaj, laŭ miaj perceptoj, mi turnas tiun ĉi butonon sur la maŝino ... Vi ne komprenus la ekvacion, ĉar ĝi baziĝas sur kvin tielnomataj dimensioj.»

«Kiel vi kapablas percepti la moralan signifon de la bruoj?»

«Parte per speco de sciiĝo, kiu rilatas al tio, kion la teraj homoj nomas telepatio; parte per logiko-ekvacioj.»

Nu, ne estis la unua fojo dum mia vivo, kiam mi bedaŭris pri miaj malvastaj scioj.

«Mi bedaŭras, ke mi estas tiel neklera kaj stulta.»

«Ne ĝenu vin,» respondis Afono afable, «aŭtentikaj stultuloj ordinare kredas sin tre bone informitaj kaj escepte inteligentaj.»

«Ĉu vi povas klarigi al mi almenaŭ viajn moralajn kriteriojn? Ekzemple, ĉu por via aparato ekzistas diferenco inter junulo, kiu, sur la strato, laŭte krias por atentigi alian pri danĝero, kaj junulo, kiu laŭte krias nur por krii?»

«Certe. La unua junulo tute ne interesus mian aparaton; li krias kun utila intenco. La dua post kelkaj minutoj trovus sin kun grandaj purpuraj oreloj, grandaj proksimume kiel virinaj manoj. Simile, motorbiciklisto, kiu farus eĉ teruran bruon, rapidante al hospitalo kun bezonata serumo, ne interesus mian aparaton; sed motorbiciklisto, kiu nur por montri la potencon de sia maŝino simile bruegus, noktomeze, en la urbo, eble vekiĝus matene kun oreloj tridekcentimetrojn larĝaj. Mia aparato kaj mi eĉ kapablas fari diferencon inter surdetulo, kiu vere ne scias, ke lia radioaparato ĝenas aliajn, kaj alia homo al kiu tute ne gravas, ĉu ĝi ĝenas aliajn.»

Ŝajnis al mi, ke Afono vere ne intencas malbonon al la homaro, kaj kredeble faros eĉ multan bonon. Tamen, kvankam mi mem ŝatas kvieton, bonan muzikon kaj trankvilecon por mediti, dumviva malbeligo ŝajnis al mi puno iom severa, kontraŭ ordinara egoisma peketo.

«Ĉu la efiko ĉe la oreloj longe daŭras?»

«Ankaŭ la daŭro troviĝas en la ĉefa ekvacio. Dependas. Ekzemple, nia hipoteza surstrata krieganto restus grandorela dum eble du-tri tagoj, la motorbiciklisto eble dum unu semajno.»

«Sed ili ne scios la kaŭzon de la ... la malsano.»

«Ne. Kaj mi ne povas tion klarigi al ili.»

«Nek mi, Afono. Neniu kredus.»

«Mi ne intencis postuli, ke vi klarigu. La homaro nun havas kuracistojn kaj psikiatrojn, ankaŭ pastrojn kaj filozofojn. Eble ili finfine elrezonos la necesajn konkludojn. Se ne, ni almenaŭ estos provintaj.»

Mi ankoraŭ ne scias, ĉu mi faris bone, daŭre helpante mian eksterteran vizitanton. Tio montriĝos el eventoj ankoraŭ ne finitaj, aŭ eĉ ne komencitaj. Sed, se vi volas tuj kondamni min kiel senrespondecan, eble eĉ kiel perfidinton de la homaro — mi dubas, ĉu vi mem estis iam en tia embaraso.

«Certe bonfaros al la homaro, se vi povos instrui nin, ke ne estas bone fari senbezonajn malagrablajn bruojn. Kaj la eksterordinara puno, kvankam severa, ne estos esence tragika.»

«Vi fidas al mi, do, sinjoro?»

«Jes.»

«Morgaŭ mi estos preta komenci mian mision. Mi volas eliri kun vi, kaj vidi la homojn; kaj precipe aŭdi la homojn; sed kompreneble ili devas ne vidi min.»

«Vi postulas ion ne tre facilan.»

Dum duonhoro ni diskutis pri tiu ĉi problemo. Finfine ni decidis, ke Afono sidos en la poŝo de mia jako, kie la tubereto ŝajnos nur poŝtuko, kaj elrigardos per speco de simpla periskopo, kiun li tre lerte kunmetis el kartono, pingloj, vitro, stanpapero kaj gumo. Tiuj filigranaj manetoj ankoraŭ kapablis mirigi min. Kia teknikisto estus Afono, en tiu materia formo, al kiu li naskiĝis? Ĉar en sia nuna formo li verŝajne ne sentis sin tute komforta.

La sekvantan tagon ni eliris kune. Ni interkonsentis, ke mi faru nur mian ordinaran tagan rutinon. Ĉiam mia vizitanto ne volis ĝeni min senbezone; sed la tago estis eksterordinara.

Survoje al la tramhaltejo, ni vidis du junulojn en lernejaj uniformoj, verŝajne irantajn al la lernejo. Ili tiel kriis kaj interpuŝis sur la trotuaro, ke ili iom timigis maljunulinon, kiu devis deiĝi sur la pavimon. Mi sentis Afonon movi sin en mia poŝo. Mi ne vidis, kio okazis post kelkaj minutoj; mi devis rapidi al la tramhaltejo; sed mi suspektas, ke tiumatene tiuj junuloj ne atingis la lernejon.

Survoje ni devis iom atendi pro trafikbloko, ĝis policisto solvis la konfuzon; kaj mi konjektas, ke tiu dikulo, kiu ĉe la stirilo de sia aŭtomobilo malŝarĝis siajn nervojn je la kosto de ĉies nervoj per emfaza sencela kornobruado, post kelkaj minutoj trovis sin en granda embaraso.

En la kontoro mi eklaboris, kaj Afono daŭrigis sian taskon. Promesinte, ke se iu venos, li tuj sin kaŝos, aŭ en mia poŝo denove, aŭ en la kartona dokumentujo, kiun mi metis en taŭgan lokon, Afono sidiĝis ĉe la alstrata fenestro de mia malbela papernesto kaj kun intereso rigardis — kaj aŭskultis — la preterpasantojn malsupre. Mi estis ege okupita; kaj mi jam tiel plene fidis al lia prudento, ke mi dum la tuta mateno vere atentis lin nur unufoje: kiam, en la apuda ĉambreto, iu faligis ian meblon, kun bruo, kiu igis mian plumon trastreki formularon fulmsimile. Sed kiam mi rigardis Afonon demande, li respondis:

«Nur akcidento. Nenies kulpo.»

Mi konfesas, ke dum momento mi bedaŭris; dum momento mi sentis senproporcian venĝosoifon. Kiom da kruelaĵoj rezultas de la agacebla homa nervsistemo!

La tagmanĝo de Afono konsistis el migdaloj, kiujn mi kunportis, kaj du vinberoj, kiujn li mem kunportis. Mi poste iris, kun Afono en la poŝo, al la eta bierejo, kie mi ofte tagmanĝas. Dum mi sidis kun miaj tri fromaĝsandviĉoj kaj glaso da biero, inter multaj aliaj bonhumoraj, kvietaj, matene laborintaj civitanoj, kiuj simile refreŝigis sin, envenis ebriulo en tiu stato, kiu ĉiam vekas ĉe mi momentan simpation al la kontraŭalkoholistoj. Li envenis, fuŝkantegante; li stumblis kontraŭ seĝo kaj renversis ĝin, rektigis sin mem tre brue, sed ne la seĝon; trudis sin al la tablo de du senofendaj laboristoj kaj elgargaris al ili diversajn krudajn kaj senrilatajn esprimojn, dum mi sentis movon en mia poŝo, kaj subite eksciis, ke la aparato de Afono celas la ebriulon.

Nun la ebriulo ŝanceliĝis al la servejo, kie li ruĝigis nespertan, junan kaj beletan servistinon per ofendaj komplimentoj de ebria amoremo, kaj penis kapti ŝian manon. Sed dum la kompatinda junulino, larmopreta, penis kaŝi sian ĉagrenon kaj timon, dum la ebriulo ankoraŭ elfuŝis siajn trivialajn frazojn, liaj oreloj ekfloris. La kriego, kiu tiam venis el la buŝo de la servistino, ne estis krio pro pudoro aŭ kolero. Ĝi estis kriego el tiu plej nerezistebla timo, la absoluta timo de homo antaŭ la absolute nekonata.

«Kio 'ŝtaŝ, kalulino, kio ŝtaŝ k'n vi? Ne eŝtu ŝtulta, eŝtu bona knanjo, donu belan maneteton ...»

«Viaj oreloj!»

La servistino platigis sin kontraŭ la muro, dum la ebriulo, kun brute stulta vizaĝo, levis siajn manojn al la oreloj. Tio, kion li sentis tie, igis lin rigardi sin en la spegulo, kaj vidi tion, kio jam silentigis ĉiujn. Tie sur la planko, senkonscia en profunda sveno, li ĉesis aspekti kiel naŭza besto, kaj pli aspektis homo, homo vundita, senhelpa, kompatinda: sed homo, sur kies kapo troviĝis du oreloj, purpuraj kiel kontuzoj kaj grandaj kiel liaj propraj ŝuplandoj.

Mi estis antaŭavertita; mi ankaŭ sciis, ke la malsano ne estos daŭra aŭ danĝera; mi ne povas imagi, kia estis la ŝoko por la aliaj. La tuta deformiĝo okazis kiel eksplodo.

Neniu kuraĝis ektuŝi la viktimon. Iu diris ion pri lepro, alia pri kancero. Maljunulo diris ion ne tre koheran pri dia puno. Alia diris almenaŭ sesfoje: «Ni devas venigi hospitalan aŭton!» sed faris nenion. Kaj unu demetis sian ĵurnalon kaj diris: «Ĉu ... eble, la milito jam komenciĝis, kaj Ili atakas per bakteriaj bomboj?»

La krizo en mia propra vivo fakte forigis el mia menso, dum kelkaj tagoj, la krizon en internaciaj rilatoj, kiu tiutempe timigis nin. Mi tiumomente rememoris pri ĝi, kaj pri miaj timoj, ke nia registaro intencas eĉ agresi. Min tute ne konvinkis la pretekstoj, kiujn argumentis la ĵurnaloj kaj radioparoladoj.

«Ne tuŝu lin ... povas esti infekta ...»

«Kovru lian vizaĝon!»

«Brandon, tuj!»

«Telefonu al la plej proksima hospitalo!»

«Ĉu iu havas Geiger-mezurilon?»

«Ni iru for,» diris tre mallaŭta voĉo el mia poŝo. Ni iris for. Mi eĉ laboris iom kaj iel, dum la posttagmezaj laborhoroj, dum Afono sidis ĉe la fenestro kaj ankaŭ faris sian laboron.

Survoje hejmen, mi aĉetis vesperan ĵurnalon. Plenigis ĝin ĉefe detaloj pri la internacia krizo kaj la malbonaj faroj de tiuj alilandaj politikistoj, kiuj montris sin same bruemaj kaj nehonestaj, prestiĝavidaj kaj potencsoifaj, kiel la niaj. Sed ĉe unu angulo mi trovis aludon al mistera malsano, super kiu jam laboris kelkaj esplorkuracistoj en la urba ĉefhospitalo. Oni avertas la civitanojn, ke ili zorge atentu la regulojn pri higieno, kaj ke oni esperas, ke baldaŭ serumo estos preta.

Mia ironia amuzo pri tio ĉi iom pligajigis min post legado de la politikaj novaĵoj. Dum mi vespermanĝis, sen multa apetito, Afono levis sian kapon de sia taseto kaj diris:

«Sinjoro, ĝis nun mi penis ne ĝeni vin; sed nun mi devas iri al alia urbo. Estos multe pli facile por mi, se vi akompanos min.»

Kvankam, dum mia tuta profesia vivo, mi neniam akiris per mensogo elirpermeson, tiu malgranda gasto aŭ mastro tiel forte impresis min, ke la sekvantan matenon mi telefonis, kaj diris, ke mi sentas min malsana, kaj havas kaŭzojn por suspekti, ke miaj simptomoj eble rilatas al la problema malsano ... Mi tiel sukcesis kredigi al mi mem, ke mi diris, esence, la veron. Mia superulo tiel emfaze ordonis al mi resti hejme, ĝis mi sentos min tute bonfarta, ke mi demandis min, kiajn instrukciojn li jam ricevis pri la orelmalsano.

Dum kvar tagoj Afono, en mia poŝo, ekskursis al diversaj urboj, kvankam vagonaroj kaj aŭtobusoj estis malagrable plenaj pro translokiĝantaj soldatoj.

La Subministro pri Sanitaraj Servoj diris oficiale, ke onidiroj multe troigis la nombron da homoj, kiujn trafis la nova malsano. Neniu patrioto atentos alilandajn agentojn, kiuj volas nur kaŭzi panikon.

«Ili komencas timi!» diris Afono. «Baldaŭ kelkaj komencos serĉi komunajn faktorojn. Estas bedaŭrinde, ke ni devas civilizi vin; sed ŝajnas, ke vi ne sufiĉe rapide civilizas vin mem.»

Dum momento, mi sentis koleron. Tiu etulo, kiu dependas de mi (kvankam mi sciis, ke kun tia inteligenteco li estus trovinta aliajn rimedojn, se mi estus rifuzinta helpi lin), kiu kondutadis kun mi ĉiam ĝentile kaj korekte, eĉ helpis min multe, sed kiu portas nekonatan kaj timigan plagon al la homaro, kaj arogas al si la rajton juĝi la homojn — kiel objektivaj kaj justaj liaj juĝoj estas, li ofendas nian dignon; kaj li parolas tro malkaŝe pri nia absurda primitiveco. Eĉ se li iom pravas. Tiu momento de sufokanta kolero klarigis al mi multon, kiun mi ĝis tiam ne komprenis, pri la rilatoj de nigraj kaj blankaj homoj kaj eĉ de infanoj kaj plenkreskuloj. Sed mi englutis mian koleron. Mia propra pozicio estis ne enviinda, sed ankaŭ eble hontinda. Mi ankoraŭ ne sciis, ĉu mi meritplene kunlaboris kun superulo por bonfari al la homaro, aŭ ĉu eble mi perfidis la homaron al ekstertera invadanto, kies intencoj restas kaŝitaj.

Post tri pluaj tagoj de vojaĝoj, manovroj, sindemandado kaj nervostreĉado, mi havis specon de kolapso. Mi tute perdis mian energion kaj apetiton, ploradis kiel knabino, kaj pro kapturniĝoj apenaŭ povis stari. Post kelkaj matenaj provoj, ploroj kaj eĉ faloj, mi devis enlitiĝi.

Mi malpermesis al la dommastrino, ke ŝi voku kuraciston. Mi opiniis, ke mi ne povus taŭge klarigi mian malsanon, sen rakonti la tutan historion; kaj mi certis, ke la rezulto ne estus kuracado kontraŭ nervelĉerpiteco, sed drasta kuracado celante forigon de neekzistanta frenezo. Mi malmendis miajn kutimajn manĝojn kaj trinkis nur lakton: la stomako toleris tion, sed nenion alian.

Nun mi vidis alian flankon de la karaktero de Afono. Li verŝajne komprenis, kio estas al mi. Dum la tuta tago, li flegadis min kun ĉiuj komplezoj kaj atentoj, kiujn dekcentimetra homo povas fari al homo, kiu kompare al li estas monto. Li kompreneble ne povis subteni mian korpon; sed li helpis min lavi min, subtenis por mi la laktotason, zorgis pri la fajro spite la malfacilaĵojn de tia laboro, kaj, genuante sur la kuseno, tiel mirinde lerte karesis mian frunton, ke li endormigis min. Mi dormis profunde dum kvin aŭ ses horoj, kaj vekiĝis, fartante multe pli bone. Verŝajne mi ne dormis tute normale ek de la alveno de mia vizitanto. En la lito mi iom legis la ĵurnalon. Nia ĉefministro parolos al la popolo, vespere. La politika krizo iĝis pli kaj pli grava. Soldatoj ekzercis sin, aŭ tiel oni klarigis la aferon, ĉe diversaj landlimoj. Oni rimarkis neordinarajn aktivojn ĉe diverslandaj aerhavenoj civilaj kaj militistaj. Kaj oni tiel forte insistis, ke la civitanoj nepre ne paniku, ke verŝajne ekzistas ia apenaŭ rezistebla kaŭzo por paniko.

«Ho ve, Afono!», mi diris. «Estas bone, deziri bonfari al homaj nervsistemoj; sed ŝajnas, ke baldaŭ eble estos nek homoj nek nervsistemoj, almenaŭ sur nia kontinento. Kampanjo kontraŭ ekscesa bruado ŝajnas iom senproporcia, kiam politikistoj kampanjas kontraŭ la homa raso mem!»

Tio, kion mi tiam vidis sur la ne tre moviĝema vizaĝo de Afono, tre similis al rideto.

«Ni ĉiuj tamen faru niajn proprajn devojn!» li respondis.

Mi leviĝis, iom lavis kaj ordigis min, sed trovis, ke miaj kruroj ne bone subtenas min; freŝigite, mi trinkis plenan glason da lakto, denove enlitiĝis kaj denove iom dormis. Vespere, mi vekiĝis multe pli bonfarta. Vekis min la krioj kaj marŝado de multaj homoj sur la strato, sub mia fenestro.

«Ĉu baldaŭ estos multaj purpuraj orelegoj?», mi demandis, iom malbonhumore.

«Tiuj, kiuj krias pro timo, aŭ amashisterio, ricevos nur gorĝdolorojn kaj postdeprimojn, kaj cetere sen mia interveno,» respondis Afono. «Sed tiuj, kiuj konscie kriegas malamajn sloganojn, baldaŭ havos orelojn similajn al purpuraj rabarbfolioj.»

Li sidis ĉe la fenestro kaj ŝajnis tre okupita. La malgranda aparato estis inter liaj belaj manetoj.

Proksimiĝis la horo de la vespera novaĵelsendo, kaj poste de la promesita parolado de nia ĉefministro. Mi ne scias kial, dum politika krizo, ni trovas iaspecan konsolon en lastmomenta scio pri malĝojigaj frenezaĵoj; kredeble estas tiu sama speco de scivolemo, kiu faras medicinajn enciklopediojn interesaj al la plimulto. Sed mi leviĝis, sentante min iom tremema, surmetis noktsurtuton kaj pantoflojn, kaj iris al la alia ĉambro, kie mi sidiĝis en mia plej komforta fotelo, antaŭ mia televida aparato. Kiam li aŭdis la horsignalon, kiu preludas la novaĵojn, Afono gratis ĉe la pordo, kiel kato; mi enlasis lin; kaj li iom surprizis min per gesto kvazaŭ de homa amikeco; li grimpis per mia noktsurtuto al miaj genuoj, kaj sidiĝis tie kiel dorlotbesto aŭ infano, por rigardi kun mi.

La novaĵoj temis ĉefe pri manovroj de soldatoj, koleraj amasoj sur diversaj placoj, diplomatoj kiuj eniris aviadilojn, kaj io, kio vere ŝokis min: lernejaj geknaboj, kiujn oni sendis en grupoj al la kamparo. La kruela nekompetenteco de niaj registaroj vere venis do al tiu punkto, kie oni akceptas, ke infanoj estu forŝirataj de la gepatroj, por ke eventuale ili postvivu tiujn gepatrojn murditajn. La homaro plifreneziĝis. Mi sentis en mia stomako naŭzegon, kiu ne plu rilatis al mia malsaneto.

«Ho, Afono!» mi ekkriis, kaj surprizis min per mia urĝa bezono de iu amiko, eĉ alimondano — «kara Afono, kiel bagatela ŝajnas nun via humana provo pliordigi niajn vivojn! Vi volis fari el ni, nematuraj homoj, kvazaŭ pli bonkondutajn infanojn ... Brave, Afono! Sed nun nia vasta nematureco igas nin ne infanoj, sed subbestecaj monstroj!»

Afono, mia amiketo, ne kapablis simpatie premi mian manon, kiu estis iom pli granda ol li; sed li iel kredigis al mi pri sincera simpatio, kiam li premis mian fingron.

«Tamen ni faru nian devon ĝis nia lasta spiro!» li diris.

Kelkaj lastaj detaloj, novaĵoj kiuj ne temis pri militominacoj, brilis sur la ekrano. Kuracistoj en hospitala laboratorio esploris pri stranga orelmalsano, verŝajne infekta, sed ne doloriga. Ĝis nun ili ne sukcesis apartigi la kulpan viruson (pri tio mi ne multe miris), sed atendis sukceson ĉiumomente. Dume, oni konsilis al ĉiuj, ke oni evitu naĝejojn kaj kinejojn. La unua viktimo de la mistera malsano jam resaniĝis kaj la histoj ŝajnis normalaj: tia sanigado atestas pri la alta nivelo de la ŝtataj hospitaloj ...

Venkintino ĉe kantkonkurso; novaĵoj pri sporto kaj pri aŭtomobilakcidento; prognozo pri la vetero. Eksonis nia nacia himno. Publike, mi ĝentile ekstarus; private, mi oscedis. Aperis sur la ekrano la vizaĝo de nia ĉefministro.

«Gesinjoroj! Geamikoj! Samlandanoj! Mi portas al vi gravan anoncon. Antaŭ kelkaj minutoj, mi devis ordoni, ke niaj heroaj junuloj de la Flugarmeo faligu kelkajn bombojn sur la havenon de Koriflo. Ni ankoraŭ ne uzas nukleajn armilojn, sed niaj malamikoj memoru, ke ni havas ilin, kaj ne hezitos ilin uzi. Ni devis ataki unue, por detrui niajn atakontojn. Vi ĉiuj scias, ke la malamiko montradis sin absolute senskrupula, kaj apenaŭ kaŝis sian realan celon, kiu estas, kaj ĉiam estis, detrui nin, kaj tiun ĉi plej altan civilizon, kiun ni reprezentas!»

La koro en mia brusto ŝajnis solida glacio, dum daŭris tiuj hipokritaj frazoj, tiuj frazoj fontantaj el esenca nematureco, el freneza mensa blindeco, el preskaŭ infinita malkaritato. *Denove, denove*, glacie gutis mia korsango. Kaj eble por la lasta fojo. Eble eĉ la elradikigitaj geknaboj sur la kamparo ĉi-foje ne postvivos.

«Samlandanoj, mi devas veni al vi, jam faliginte tiujn bombojn, por postuli vian perfektan lojalecon dum nia patrujo estas en danĝero.»

Denove, denove; kaj kio pri tiu demokratio, pri kiu ni tiel multe fanfaronis dum jardekoj?

Subite mi rimarkis Afonon. Li sidis, preskaŭ rigida, sur mia genuo, kaj direktis la aparaton al la televida ekrano.

«Ĝi ne estas reala homo, Afono.»

«Distanco ne gravas.» Kaj subite li levis sian vizaĝon al mi, kun nedubebla homeca rideto eĉ iom koboldeca, bubeca.

«Ĉu vi povas proponi, amikego, bruon pli malbelan, pli laŭtan kaj pli klare okazantan pro kolektiva egoismo, ol la eksplodo de tiuj bomboj?»

Mi enspiris brue, iom spasme.

Daŭris la grimacoj de eminentulo sur la ekrano, daŭris tiuj gurditaj frazoj de politikista hipokriteco.

Ĝis, dum kelkaj sekundoj, milionoj vidis la komencon de iu monstra ekflorado, milionoj aŭdis el siaj televidaj aparatoj kriegon perfekte sinceran, aliaj vizaĝoj kaj manoj aperis, kaj la ekrano malpleniĝis. Poste aperis la vortoj:

NI DAŬRIGOS LA ELSENDON KIEL EBLE PLEJ BALDAŬ.

Mi glutis nenion plurfoje antaŭ ol mi povis demandi Afonon: «Kion li faros nun?»

«Ho,» la etulo respondis, «mi ne scias. La problemo estas lia, ne mia. Li povus eble volvi ilin ĉirkaŭ sin, kaj diri, ke estas nova speco de kontraŭkugla mantelo. Sed ili estos verŝajne iom tro longaj; li povus stumbli. Eble li trovos servanton, kiu portos ilin post li.» Afono atente rigardis sian aparaton, verŝajne kontrolante ion. «Kaj li denove havos normalajn orelojn ... post ... proksimume dek kvar monatoj. Nu, kaj povus eble fortranĉi ilin, sed ili rapide rekreskos; turbano taŭgus, se ili estus nur duonmetraj; sed li tute ne povus volvi trimetrajn orelojn en turbano. Nu, amikego, la sinjoro ĉefministro devos solvi sian propran problemon. Miaj instrukcioj diras nenion pri tio.»

Mi sidadis silente. Ia muziko nun venis el la televida aparato. Ĝi estis agrabla, kaj Afono aprobe svingetis la manon laŭ la takto. Voĉoj de tre ekscititaj homoj aŭdiĝis sur la strato sube.

Mi sidadis silente. Kion diri?

Post tri kvaronoj da horo, anoncisto aperis sur la ekrano.

«La Vicĉefministro parolos al vi.»

Kaj la vicĉefministro ekparolis al ni. Li klarigis al la publiko, ke la registaro ĵus ricevis nerefuteblajn pruvojn, ke la malamiko, karakterize ruza kaj cinike atakante antaŭ ol ĝi estis atakita, jam uzas bakteriajn armilojn. Sed nia kuraĝa kaj purkonscia popolo postulos teruran venĝon. Ĉiuj ministroj estas pretaj respondi pri siaj agoj por defendi la patrujon.

Sian aparaton Afono preskaŭ karesis.

Lia ministra moŝto daŭrigis sian paroladon dum kvar-kvin minutoj, alvokante ĉiujn civitanojn al oferado kaj heroeco, promesante, ke kiom ajn ni suferos, certe la malamiko pli suferos; ni jam montras nian seriozecon per ekbombardo de ...

Ĉi-foje la anoncistoj kaj teknikistoj agis pli rapide, kaj sur la ekrano ni vidis ne monstrajn orelojn, sed nur konfuzaĵon el manoj kaj kapodorsoj.

NI DAŬRIGOS LA ELSENDON KIEL EBLE PLEJ BALDAŬ.

Afono sidadis antaŭ la televida aparato dum la tuta nokto, sed konsilis min dormi ĝis frua mateno, por ke mi kiel eble plej bone refortiĝu por la laboroj de la tago. Fakte mi dormis pli ol mi atendis, eble pro reakcio post tiom da nervostreĉo. Laŭ instrukcioj (sed instrukcioj ĉiam ĝentilaj) de Afono, mi leviĝis frumatene por verki tiun ĉi raporton. Se hodiaŭ mi pereos, estas mia devo postlasi ian klarigon; sed Afono kredas, ke ni ne pereos.

Li esperas, ke ni bone atingos la landlimon. Mi dubas, ĉu la vagonaroj ankoraŭ iras, almenaŭ tiudirekte; sed ni faros laŭ niaj ebloj, kaj mi scias veturigi — eble ni trovos aŭtomobilon ŝteleblan. En mia teko estas pomoj, ĉokolado, poteto da mielo kaj iom da petroselo. En mia maldekstra jakopoŝo kaj en mia brustopoŝo estas du apartaj pakaĵetoj da kupra sulfato. Kaj baldaŭ, en la dekstra jakopoŝo, estos Afono kun sia aparato.

Oni nun invadas mian patrolandon, kaj ni alian landon ne traktas pli ĝentile. Mi povas pripensi la estontecon nun nur po horoj. Mi tute ne antaŭkonjektas. Certe mi malpravus. Afono kaj mi nun iras al io, kion ni vere ne konas, sed pri kio ni scias nur, ke ĝi estos ege brua. Kaj la motivoj malantaŭ la bruo nepre ne estos bonaj.

7. LA VENĜO-KOMITATO

AJORO JOHANO MILES, dejorlibera ĝis la venonta posttagmezo, sentis sin en tre bona humoro. Ne mirinde: ĉar li iris al plezurpromesa rendevuo. Li jam forlasis la aŭtobuson kaj trovis laŭ instrukcioj tiun padon, kiu kondukos lin al kampara dometo, ĉarma feriejo, kie li pasigos tre amuzan vesperegon kun Maria, citronmama dolĉulinjo, ankoraŭ ne multe pli ol lernejanino, virga, grandokule arda, sorĉe naiva. Ĉi-foje ĉio aranĝiĝis bone, preskaŭ sen penado lia. La knabino mem ricevis de konfidencamikino ŝlosilon de tiu dometo, kaj klarigis al li tiun feliĉan oportunaĵon kun tremetanta gajeco. La graveco de amo por junulinoj ofte ridigis la majoron. Tamen, li promesis al si tre agrablan vesperon, pli agrablan nokton. La longaj okulharoj de Maria eĥis la gagatan trezoron de abundaj kaparoj. La formoj videblaj sub bluzo kaj jupo promesis multan ĝuon, same kiel la junulina voĉo. Majoro Miles, kiel ofte, gratulis sin. Li fajfis vodevilan melodion dum li iris sur la pado. Saĝa viro ĉiam scias, kiel fari siajn etajn aranĝojn. Virinoj preskaŭ ĉiam kredas kelkajn frazojn pri amo, se oni uzas la ĝustan mienon, ĉar pro vanto ili deziras tion kredi; kaj tiu sama vanto malebligas al ili ĉasadon poste; virino ne plu dezirata ne longe ĝenas. Kelkaj firmaj frazoj konvinkas ŝin, kaj punkto. Sed, tiumomente, liaj pensoj celis ĉefe la firmajn koksojn de la ĉarma, bela, naiva Maria, tiu grandokula kredemulino, kiu mem aranĝis pri taŭga ejo.

Majoro Johano Miles estis, kiel ĉiam, tute kontenta pri si mem. Li tre admiris sian propran taktikan lertecon por eniri kaj eliri seksaferojn; ĝi ŝajnis al li parto de lia soldata kompetenteco; li ŝatis propran ruzecon kaj aplombon; li treege alte taksis siajn konojn pri virina psikologio, kaj volonte konsilis al malpli aplombaj viroj.

Li ankaŭ sciis, ke li estas bela viro — alta, grandokula, kun bruna bukleta hararo kaj elegantaj lipharoj, tre sanaspekta. Fakte li estis preskaŭ perfekte sana, kaj fieris ankaŭ pri tio. Lia profesio rektigis lian korpon, vigligis lian mienon kaj gestojn, fortigis liajn muskolojn kaj laŭtigis lian voĉon. Li malestimis ĉian korpan mankon aŭ malfortecon ĉe aliaj; li duonkonscie sentis, ke ĉiu malforta persono aŭ malsanulo montras ian riproĉindan nekompetentecon en la vivo. Li ĝuadis diversajn sportojn; li ŝatis bonan vinon, sed ne facile ebriiĝis; li kartludis inteligente, sed preferis freŝaerajn amuzojn, aŭ belajn virinojn.

Johano havis tri virtojn: lia fizika kuraĝo estis granda; li estis pri materiaj objektoj gaje malavara; kaj supraĵe li estis ĝentila. Ordinare li parolis tre ĝentile al virinoj, kaj emis forgesi sian ĝentilecon nur kiam iu virino esprimis propran opinion pri serioza temo, aŭ ĝenis lin per emocioj, kiuj por li estis tedaj kaj nerealaj. Virina histerio, kiun li ofte dum sia vivo vekis, kreis en li nek kompaton, nek bedaŭron, sed nur malestiman koleron kontraŭ persono, kiu ne kapablas regi sin. Oni devas akcepti ian neraciecon ĉe tiuj malfortaj bestinoj; sed ili ne trudu ĝin.

Jen, certe, la kampara domo, tute laŭ la priskribo de Maria: tre taŭga batalejo por la anticipita venko: blanka dometo, kun griza tegmento, verdaj pordo kaj fenestrokradoj, floroj en la eta antaŭa ĝardeno. Johano frapis sur la pordon, preparis taŭgan rideton. Junaj piedoj kuris interne: bona aŭguro.

La pordo malfermiĝis kaj dum momento li kaŝis sian vizaĝon en bonodora nigra hararo. Mastrece li kisis la freŝan, tre junan buŝon. Maria tremis kontraŭ lia ŝultro tre promese. Ŝi prenis lian manon konfideme kaj kondukis lin en la domon, infanece ludante gastigantinan rolon.

Nu, tiu knabineto ja bone aranĝis. En la ĉefa ĉambro, kun tre grandaj, tute eksmodaj ŝrankoj kaj pezaj mebloj, staris kverkolignaj seĝoj. Kaj sur tiu tablo sin montris manĝo por du, multe pli luksa kaj eĉ eleganta, ol li atendis de tia naivulino.

«Hej, bona knabineto! Kiel bela surprizo!»

Freŝaj bulkoj, el la plej rafinita blanka pano; butero malvarmega, kun rosogutoj, muldita en ornamajn pecetojn; eminenta ŝinko, kies graso indikis per nigraj makuletoj de kariofiloj la ŝikan preparadon; terpomsalato kun majonezo kaj petroselo; eksterordinare varia, komplika kaj belaspekta salato. La teleroj, la manĝilaro, estis malnovaj sed belaj. Jen botelo da vino, kiun naivulino certe ne scius elekti; eble tiu helpema amikino konsilis ŝin; la du brilantaj glasoj certe devenis el Venecio. Sur flanka tableto troviĝis riĉa torto; granda pelvo el ligno polurita ĝis bronzeco, plena de elektitaj, diversspecaj fruktoj; pelveto kun luksaj bombonoj kaj skatoleto kun multekostaj cigaredoj.

La majoro kredis, ke virinoj estas ĝenerale avaraj kaj tro pensas pri la estonteco; sed ĉi-foje li vere elektis bone. Tiom da elspezado kaj penado meritis premion. Li palpis en la poŝo kaj eltiris la arĝentan braceleton, kiun li pli frue intencis rezervi kiel matenan dankdonacon. Kisante denove tiun molan buŝon, puran de tabako, frandinde nematuran, li fiksis la braceleton kvazaŭ lude sur la belforman brakon.

«Ho, Joĉjo!» duonvoĉe diris Maria, «mi ne atendis ion tian!»

«Nu, Maria, bona knabineto, ankaŭ mi ne atendis ion tian! Vi certe intencis bone regali min!»

«Sed kompreneble mi intencas bone regali vin!» respondis Maria, kun tia heziteto, tia eta emfazo, ke li kun plezuro interpretis la frazon kiel iun el tiuj duonkonsciaj volupt-aludoj, kiujn uzas eĉ naivaj virinoj, sub ekscito.

Ili sidiĝis ĉe la tablo kaj komencis manĝi.

«Ĉu vi volas verŝi la vinon, mi petas, karulo? Mi ne certas, ĉu mi faros korekte.»

«Vi faras ĉion korekte, perfekte, mia kara sukeraĵo. Tamen lasu gravajn taskojn al ni viroj, ni fortuloj!»

Li verŝis vinon.

«Al mia damo, al nia amo!» li tostis, sciante, ke tiaj bagateloj plaĉas al virinoj.

Maria, ruĝvanga kaj kun sparkantaj okuloj, poste levis ne nur la glason, sed sin mem, por tosti.

«Al vi!» ŝi ekkriis.

Kaj ĵetis la glasoplenon da vino en liajn okulojn.

Dum momento la majoro blindiĝis kaj pro surprizo senaplombiĝis. Dum tiu momento, la malnovaj, grandaj mebloj subite ekvivis. El la vastaj malnovaj ŝrankoj, de malantaŭ la sofo, de malantaŭ aliaj mebloj, aperis virinoj kiuj konverĝis al la duonblinda majoro. Multaj manoj subite kaptis lin dum li ankoraŭ serĉis sian poŝtukon. Ĉio okazis dum kelkaj sekundoj. La majoro sakris, protestis kaj komencis barakti, sed tro malfrue. Kontraŭ tiom da malfortaj manoj, lia forteco ne efikis. Li trovis sin ligita al la seĝo.

Lia deviga pozo estis nek komforta nek digna. Ĉiu kruro estis ligita per multaj ŝnurpecoj al piedo de la seĝo; la brakojn oni tiris malantaŭ la seĝodorson kaj ligis ilin tie. Alia dika ŝnuro ligis lin al la seĝo ĉe la talio. Kaj al liaj manoj iu fiksis silkan koltukon, kiu ankaŭ ĉirkaŭis lian kolon. Per drasta penado sin liberigi, li facile strangolus sin.

La majoro estis ĉiam kuraĝa sur la batalkampo; li estis ankaŭ ruza kaj elturniĝema; sed la situacio ne tre plaĉis al li. Tiel ligite, li sentis sin vere senhelpa, humiligita. Li forte penis regi sin, forigi panikemon. Eble Maria faris kontraŭ li ian strangan ŝercon; sed li suspektis realan danĝeron. Ŝi ne kunvokus aliajn virinojn por neordinaraj amoro-ludoj. Li devos iel resti trankvila, sinrega, kaj trovi eliron el tiel malagrabla situacio.

Dum li uzis siajn kutimajn pensteknikojn por ne paniki, unu el la nebulaj virinaj formoj alproksimiĝis, kaj tiu persono, per pura poŝtuko, zorge kaj milde sekigis lian vizaĝon, tre atenteme kaj preskaŭ patrinece viŝante liajn okulojn.

Denove vidkapabla, li rigardis siajn kaptintinojn; kaj la memoroj de dek kvin jaroj kontribuis al lia timo. Antaŭ li staris Maria, kaj ok aliaj virinoj. Dum Maria silente malfiksis la arĝentan braceleton de sia brako, kaj ŝtopis ĝin en lian poŝon, li havis tempon rekoni ĉiujn vizaĝojn. La virino, kiu viŝis lian vizaĝon, estas doktorino Anna Brakŝa, kiu, kiel medicina studentino, iam estis lia konkubino. Kiam li ŝin forlasis, ŝi devis interrompi siajn studojn pro psika kolapso. Li aŭdis, ke ŝi bone resaniĝis kaj kvalifikiĝis, kvankam li komprenenble neniam enketis pri ŝia sano aŭ sorto. Ina histerio estis nur malestiminda; la virinoj devas kompreni la realaĵon de la vivo. Ŝi iĝis pli maturaspekta, malpli pala, pli bone vestita; sed ŝiajn okulojn kaj ŝian diketan sed agrable virinecan formon li bone memoris. Anna portis blankan laboratorian surtuton, kaj kelkaj brilantaj ŝtalaj instrumentoj, kiuj duone montris sin el ties poŝo, ne efikis plezurige sur lian menson.

Estis tie Emilia Tord, kiun li forpuŝis, post emocia sceno, kun tiaj vortoj, ke li sciis, ke ŝi neniam plu tedos lin. Stulta, histeriema virino; ŝi terure laŭte plorkriis kaj tedis lin per idiotaj «Aŭskultu, Johano! Aŭskultu!» Kompreneble oni ne aŭskultas tiajn tedulinojn. Sed nun ... ŝi ne aspektis tre sana. Verŝajne ŝi tro dorlotis sin. Tie staris Marta Kut, kiu, almenaŭ laŭ lia opinio, akceptis ĉion tre bone kaj ne ludis tragediojn. Sed nun ŝiaj kunpremitaj lipoj ne aŭguris tre bone. Apud la fenestro la vespera sunlumo plibeligis la delikatajn trajtojn de Lucia De Florar, kiu freneze enamiĝis post balo, forlasis la gepatrojn, sekvis lin, kaj mem forlasis lin, kiam li atentigis ŝin pri ŝiaj multaj mankoj kaj nematurecoj. Nu, se inaj bestoj insistas pri absurdaj fieroj, oni ne postkuras ilin. Kiam li legis en ĵurnalo, ke ŝi provis sin mortigi, kaj ke la gepatroj rekondukis ŝin hejmen el hospitalo, li eĉ pli senpacienciĝis. Sed ne kun amuzo aŭ plezuro li revidis ŝin, pasian temperamentan aristokratinon antaŭ eksamanto ligita.

Karolina Barty, armea ŝoforino tre kompetenta, sed malpli kompetenta en la lito, kaj verŝajne ne instruebla, estis tie; kaj Sofia Landon, vidvino eleganta, sed kies konstantaj kapdoloroj kaj malsanetoj tedis lin. Dorotea Vark estis la sola sidantino. Li facile delogis ŝin, ĉar pro parte kripla kruro ŝi havis malmultan memfidon. Virinoj, kiuj malŝatas la proprajn korpojn, estas ofte facile delogeblaj, ĉar ia sento de dankemo, kiam viro finfine atentas ilin, plivarmigas ilin; sed tiaj virinoj terure sentas forlason kaj ne komprenas, ke ili devus danki pro kelkaj bonaj noktoj; Dorotea rapide enuigis lin, parte, eble, eĉ per tiu tro hundineca dankemo, per la obseda karesemo de ino, dum longa tempo seksmalsata. Nun la malamo en ŝiaj okuloj estis multe pli malagrabla, ol estis iam la tro postulema amo, la ignoreblaj larmoj.

Sed la vizaĝo, kiu frostigis lin per reala timo, estis tiu de Katerina Mor. Ŝi estis tre freŝdata ekskonkubino, kiu antaŭ eble ses monatoj skribis al li absurdan, histerian leteron, minacante, ke ŝi sin mortigos. Tian ĉantaĝon viro ne povas toleri. Li skribis sur bildkarton: «Mortigu vin, se vi volas, sed preferinde ne estu stulta. Trovu, same kiel mi, alian!» Kaj tiuj estis liaj lastaj vortoj al ŝi. Tiel li bone haltigis la fluon de tiuj tedaj leteroj, kiujn li neniam legis ĝis la fino. Sed nun li estis ligita al seĝo; Katerina staris denove proksime; kaj en ŝiaj okuloj ia seka brilo ŝajnis al li timige simila al simptomo de frenezo.

Johano ne sentis ian konsciencriproĉon; li ĉiam sukcesis, en tiuj aferoj, kredigi al si, ke la virino estas kulpa, ĉar pro ŝiaj malperfektaĵoj li forlasis ŝin. Li sentis grandan koleron kontraŭ la ok virinoj; kaj precipe li sentis koleron kontraŭ Maria, kiu trompis lin, kiu mensogis al li ekster la ludo, dum li mensogis al ŝi nur laŭ siaj kutimaj reguloj de la ludo. Tamen, li sciis, ke li devos iel regi sin. Li rapide konsideris la eblajn taktikojn.

Ĉu la virinoj atendis ian larman komedion pri pento kaj eble pentofaro, ian sinakuzon aŭ bedaŭresprimon? Sed tion li ne povus fari. Soldato povas morti, sed ne cedi. Pardonpeti, precipe al malsuperuloj, al iamaj venkitinoj, terure vundus lian honoron. Kiuj aliaj taktikoj eblus?

Li povis, dum tiuj strangaj momentoj, elpensi nur tri taktikojn, kiuj ŝajnis koheraj kaj eble trafaj; unue, li povus tiel ofende paroli al la virinoj, ke li plorigus ilin; kaj li jam multfoje spertis, ke virino freŝe humiligita estas virino preskaŭ sendefenda. Li certis, ke li povus facile senaplombigi ĉiujn per kelkaj bone elektitaj frazoj, tiel ke ili forlasus la ĉambron inter larmotorentoj kaj nekompreneblaj rompitaj vortoj. Sed, kvankam la ideo de tiu taktiko plej plaĉis al lia kolero kaj humiliĝosento, li restis sufiĉe malvarmsanga por konstati ĝian danĝeron. Se tiuj histeriulinoj planis torturi lin, li ja povus tiel forigi ilin; sed se ili nur forlasus lin malkomforte ligitan kaj en tiu strangolkaptilo, li povus baldaŭ suferi pro kramfoj kaj tre verŝajne sufoki sin. La domo estis izolita kaj li ne certis, ĉu li povos alvoki helpon. Kaj li ne povus certi, ke la virinoj ne revenos kun sekigitaj okuloj kaj eĉ pli sovaĝaj.

Aŭ li povus ŝerci. Tio bezonus grandan sinregadon, sed li dumvive fieris pri sia soldateca, vireca sinregadkapablo. Povus esti, ke tiuj virinoj intencas ŝercon iom drastan; reagoj, kvazaŭ la tuta situacio estus kruda komedio, eble savus lin el pli gravaj embarasoj. Anna kaj Sofia certe kapablas ŝerci; li malpli certis pri la aliaj. Eble kelkaj spritaj epigramoj helpus lin, precipe se li povus flati la renoman virinan vantecon, donante al ili okazojn por montri sin mem spritaj. Tiu ĉi taktiko estus malpli danĝera ol la provo humiligi la kaptintinojn; sed la vivo instruis al la majoro pri unu danĝero: se oni ŝercas kun virino, precipe pri seksa afero, kiam ŝi ne estas jam en ŝerca humoro, kiam ŝi eble deziras, kiel ajn absurde, ke oni konsideru ŝin serioze, ŝiaj neregataj emocioj povas eksplodi tre facile. Tiaj situacioj riĉe liveros scenojn kaj eĉ vangofrapojn; kaj li estis ligita.

La tria taktiko, kvankam la plej malagrabla por li, ŝajnis la plej sendanĝera kaj esperiga: montri sin tre ĝentila, korekta kaj racia. Se ili akuzos lin pri io, li defendos sin, sed per mildaj frazoj, rezonado kaj klarigoj. Li penos iom plaĉi al tiuj virinoj, kiel dum la tuta plenkreska vivo li penis plaĉi al virinoj por bonfari al si mem. Racio estus iasence perdita, kiel ĉiam ĉe la ina besto; tamen, laŭ liaj antaŭaj spertoj, racia rezonado povas ofte kvietigi virinon aŭ ĵeti ŝin en iaspecan senesperon. Kvankam estus nefacile kaŝi sian koleron kaj malestimon, kaj sian senton pri la ridindeco de ĉiu iama litkunulino, li kredis, ke li povos tion fari kaj persvadi ilin liberigi lin. Poste li eble povos venĝi sin; sed la plej urĝa bezono estis liberiĝi.

Ne estis longa tempo por pensi. Anna ekparolis.

«Nu, karaj fratinoj, ni havas antaŭ ni la necesan objekton; ni povas komenci nian komitatkunsidon. Mi petas vin, fratinoj, eksidu.»

La naŭ virinoj sidiĝis.

«Unue, vi certe konsentos, ke ni ŝuldas fortan dankesprimon al nia fratino Maria, kiu, ne sen risko por si mem, allogis tiun ĉi objekton al la nova sidejo de nia komitato. Ni ankaŭ ŝuldas dankesprimon al ŝia edzo ...»

(Ŝia edzo? Al la diablo! Ŝi do nur ludis rolon de virga naivulino ...)

«... kiu konsentis, ke lia amata edzino helpu nin.»

Sep virinoj formale aplaŭdis kaj Emilia, kiu ŝajnis esti iaspeca sekretariino, faris noton en kajero.

Johano tre deziris fari kelkajn demandojn pri iliaj intencoj, sed sentis, ke ĝis ili iom indikos tiujn intencojn, li eble nur pliprovokos ilin.

«Mi esperas,» diris Anna, «ke la ŝnuroj ne dolorigas vin.»

«Ankoraŭ ne,» li respondis.

«Bone. Ni jam decidis, ke ni ne deziras vundi vian korpon.» Post paŭzeto ŝi daŭrigis:

«Kiam vi konis min, mi estis medicina studentino.»

«Mi aŭdis, ke vi poste kvalifikiĝis.»

«Jes, mi poste kvalifikiĝis. Vi eble ne scias, ke portempa psika kolapso iom interrompis miajn studojn?»

Johano preferis silenti.

«Grandparte pro tio, mi sentis ĉiam kreskantan intereson

pri la strukturo kaj funkciado de la homa menso kaj pri temoj de mensa sano, mensa higieno. Mi volis kompreni pli bone, kiel kuraci, eviti kaj evitigi psikajn malsanojn. Mi volis pli bone kompreni miajn proprajn emociojn. Probable mi volis ankaŭ iom kompreni, kial vi estas tia, kia vi estas. Mi iĝis specialisto: mi iĝis psikiatro.»

Ŝi parolis senriproĉe, ne tre laŭte, kvazaŭ prelegante al malgranda rondo.

La sola opinio, kiun Johano havis pri psikiatroj, estis ke ili estas homoj kun kurbaj kaj ofte malpuraj mensoj, homoj, kiuj per groteskaj sofismoj evitigas al krimuloj merititajn punojn, kaj helpas al malkuraĝuloj eviti militservon.

«Mi gratulas vin; vi certe iĝis tre riĉa,» estis lia aŭdebla komento.

«Ne tre riĉa; sed miaj enspezoj kontentigas min. Nu, vin mi kompreneble volis forgesi; kaj ju pli mi lernis pri la funkciado de la menso, des pli mi atingis disciplinitan forgeson.»

«Tre saĝe.» Al la diablo! Kion tiu prelegantino celas?

«Mi neniam edziniĝis; restas verŝajne ia cikatro en mia menso; kaj mi penis trovi kontentigon en mia profesia vivo.»

(Kiel ridinde, ke virino parolas pri sia profesia vivo. Sed eble estos necese flati ŝin.)

«Kvankam sublimigo estas neniam centprocenta, mi rajtas kredi min utila, kaj mia vivo estas interesoplena. Vi komprenas, ke la pacientinoj de psikiatro multe konfidencas. Estas mia profesia devo, neniam priparoli tiujn sekretojn. Sed mi rajtas paroli al vi pri sekretoj, jam al vi konataj, kaj post la konsento de la pacientinoj.

»Antaŭ kelkaj jaroj, la nuna sekretario de nia komitato, fraŭlino Emilia Tord, vizitis min kiel pacientino, kaj memorigis al mi pri via nomo. Vi ne multe maturiĝis dum tiuj jaroj, majoro Miles. Tiutempe, mi ne konfidencis al ŝi; tio okazis antaŭ nur kvar monatoj, kiam mi reserĉis ŝin. Kompreneble mi havas sliparon pri miaj pacientinoj.»

«Ĉu ankaŭ vi estis pacientino de doktorino Brakŝa, Lucia?» Johano kuraĝis demandi, memorante pri la ĵurnalraportoj, kiuj iam agacis lin.

«Ne,» Lucia De Florar respondis, kunpremante la filigranajn manetojn. «Sed mi estis pacientino ĉe kolegino ŝia, kiu, kiam doktorino Brakŝa parolis pri sciencaj esploroj, petis mian permeson kaj ŝian, prezenti min al ŝi. Nun mi konsideras ŝin kiel grandan amikinon.»

Anna ĵetis al Lucia rideton tiel simpatian kaj kuraĝigan, ke dum momento Johano revidis la studentinon, kiu iam amis lin.

«Alia pacientino mia ja ĉeestas.» Anna per gesto indikis la suferoplenan vizaĝon de Katerina Mor. «Estis la suferoj de fraŭlino Mor, kiuj instigis min fari planon tute neortodoksan. En ŝi mi vidis mian propran pasintecon. Kiam, en la hospitalo, oni estis foriginta la cent kvindek aspirinojn el ŝia lastmomente savita korpo, oni transdonis la vunditan menson al mi.»

«Mi nun fartas multe pli bone, dank' al doktorino Brakŝa,» diris Katerina. «Ŝi estis mirinde pacienca kaj helpema.»

«Sed ĉu necesis diri mian nomon, Katerina?» Johano demandis.

«Ne postulu diskretecon de virino dum la unua stadio de psika kolapso!» Anna iom akratone respondis pro Katerina, kies okuloj malsekiĝis. Poste ŝi daŭrigis pli trankvile. «Ĉu vi mem ĉiam estis diskreta pri nomoj?»

«Do, mi scias, persone kaj profesie, ke vi kaŭzis al tri virinoj grandegajn mensajn suferojn. Mi ne rajtus kulpigi vin pro tio.

Ne ekzistas homo, kiu ne suferigus aliajn; ofte ni suferigas aliajn senkonscie; pli ofte, la tuta situacio estas tia, ke ni ne povas eviti tiun suferigon. Ne, mi bone komprenas, ke la vasta kampo de homaj rilatoj prezentas multajn problemojn, malfacilojn, tre dubajn etikajn kazojn.»

Kiom longe ŝi filozofados stulte? Tiaj demandoj tute ne interesis lin.

«Mi ankaŭ ne volus kulpigi vin, simple ĉar via seksa konduto ne sekvas la oficialajn konvenciojn, al kiuj, fakte, tre malmultaj homoj plene obeas. Kredeble, neniu povas serioze studi medicinon kaj poste psikologion dum multaj jaroj, kaj daŭre ne scii, ke la nuntempaj seksaj leĝoj, reguloj kaj konvencioj tre neperfekte taŭgas por la realaĵoj de la homa korpo, la homa menso. Ofte tiaj reguloj estas ne nur malraciaj, sed kruelaj, eĉ iel perversaj. Mi do ne volus aŭtomate riproĉi al homo, kiu ne akceptas ilin. Sed, pardonu min: mi vidas, ke kramfo komenciĝas ĉe via dekstra brako. Helpu min, Marta; ni faros lin pli komforta.»

Dum Anna devigis al li senmovecon per minacaj dikfingroj super lia karotida arterio, Maria iom modifis la ligadon. Poste la du virinoj trankvile residiĝis, kaj Anna daŭrigis sian eksterordinaran prelegon.

«Ankaŭ en la afero inter vi kaj mi, mi ne volas pretendi, ke nur vi kulpis. Tiutempe mi mem estis tre nematura, kaj verŝajne atendis de vi ion, kion vi vere ne kapablis doni. Mi faris tiel, kiel faras ĉiuj kelkfoje kaj multaj dum la tuta vivo: mi kredigis al mi ion, kion mi deziris kredi. Kaj en ĉiu homa rilato, devas resti ia ero da malperfekteco.»

Johano ĝentile kapjesis, kvankam li nur duone atentis; la opinioj de Anna havis por li nenian valoron; ŝiaj sentoj ne estis interesaj.

«Tamen, laŭ mia propra historio kaj laŭ la multe pli tragikaj historioj de miaj du pacientinoj kaj de Lucia, mi trovis en vi ion vere riproĉindan: ĉar mi trovis nenian indikon pri ia ajn respondecosento kontraŭ aliaj personoj.

»Oni ne rajtus postuli de vi, aŭ de mi, aŭ de iu ajn, ke ni ne kaŭzu suferojn al alia persono; oni rajtas postuli nur, ke ni sincere penu, por ke ni ne kaŭzu suferojn. Ĉu iam ajn vi serioze atentis, ĉu vi afliktas alian aŭ ne?»

«Sed ĉiu devas zorgi pri si mem!» Johano respondis. «Se ĉiu bone zorgus pri si mem, la mondo funkcius sufiĉe glate.»

«Nu ... u ... u. Ĉiu el ni iam bezonis plenan prizorgadon de aliaj ... kaj ni malofte feliĉas, nek dependante, nek bezonate ... Via teorio estas iom tro simpla ... Sed mi lasu tion. Mi ja ne povus postuli de vi, aŭ de iu ajn, ke vi ne strebu al via propra kontentiĝo kaj feliĉo; ĉiu strebas al propra feliĉo. Sed la homaro rajtas postuli, ke ĉiu homo almenaŭ iom kaj iam konsideru la feliĉon de aliaj. Kiel psikologo, mi inklinas kredi, ke vera malegoismo perfekta ne povas ekzisti; sed ni devas laŭeble mildigi kaj modifi nian egoismon per konsidero pri aliaj. Ho, majoro Miles —» («ne plu Johano,» li pensis) «— ĉio, kio estas racia kaj konservinda en leĝaroj kaj konvencioj, celas bridi nian egoismon, por ke ni ne afliktu aliajn. Unu el la indikoj pri matura personeco estas la rekono, ke aliaj personoj samreale ekzistas en la mondo.»

La abstrakta, ĝenerala prediko iĝis en si mem speco de turmento: estis al Johano preskaŭ dolorige aŭskulti virinon, kiu parolis serioze, kiu simpligis siajn konceptojn, kvazaŭ ŝi parolus modere al iu misfarinta lernejano. Tio metis lin en pozicion de malsupereco.

«Jes, por la vasta plimulto tiu ĉi rekono estas sporada, intermita, ĉiam tre neperfekta. Ĉiu estas la centro de sia propra universo. Ĉu vi povas kompreni, majoro Miles, ke al mi vi estas malpli grava kaj reala, ol mi mem estas? Ĉu por vi ino estas homino? Aŭ ĉu nur seksorgano konektita kun flatomaŝino?»

«Vi modifis la vivhistorion de multaj virinoj, sed neniel pripensis ilian feliĉon, iliajn bezonojn. Ŝajnas al mi, ke vi eĉ kreis al vi regulon, ke vi neniel estos ligita al alia persono.

»Kaj nun, majoro, vi estas finfine ligita. Al seĝo. Per ŝnuroj.

»Kiam mi kuracadis Katerinan Mor, mi perceptis, ke granda parto de ŝiaj suferoj konsistas el la neeblo iel vere tuŝi vin. Mi pli kaj pli sentis, ke ŝia mensa sano bezonas ian venĝon, aŭ almenaŭ ian pli kontentigan finon al la historio. Ŝi sentis, ke vi restis libera, dum ŝi konstante pagadas sian eraron. Kaj, post multa hezitado, mi decidis fari ion tute ekster mia ordinara profesia vivo. Katerina, Emilia kaj mi fondis komitaton: Venĝokomitaton kontraŭ majoro Johano Miles. Ni serĉis aliajn viktiminojn de via patologia egoismo. Ni trovis Martan Kut, Lucian De Florar, Karolinan Barty, Sofian Landon, Dorotean Vark. Mi ne tedos vin per detaloj de nia serĉado, de la intervjuoj, pri la konsiliĝoj kaj aranĝoj. Inter ni, ni scias pri dek tri aliaj virinoj, kiujn vi suferigis. Sed multaj el ili nun havas familion aŭ relative feliĉajn vivojn, kaj estas pli bone, ne maltrankviligi ilin. Maria estas kuzino de Dorotea kaj tre amas ŝin. Kiam ŝi aŭdis pri la amaj suferoj de la kuzino, kiun malsano jam multe suferigis, ŝi fakte tiel avidis venĝon, ke ni devis per persvadoj mildigi ŝian koleron. Nu, nun ni disponas pri tiu ĉi domo, kaj ni ĉiuj interkonsentis pri taŭga leciono por vi.»

«Ĉu vi ne timas, ke mi proceson kontraŭ vi poste? Jen vi kaptis min, ligis min, kaj nun verŝajne intencas ion eĉ pli malbonan. Sed ĉu vi ne timas pri leĝoj, pri polico, aresto, malliberiĝo, eble kompensopagoj, profesia ruiniĝo?» Li penis ne tro krii.

«Ne,» Anna respondis malvarme. «Bildigu al vi proceson, en tiuj ĉi cirkonstancoj. Bildigu al vi la publikan esploradon de motivoj. Kaj memoru, ke vi venis al tiu ĉi domo tute libervole — por ĉasi virinon, preskaŭ dudek jarojn pli junan ol vi mem. Kaj ankaŭ ... mi certas, ke vi neniam volos priparoli publike la modifon, kiun ni intencas fari ĉe vi.»

La plej praa, nigra kaj naŭza timo, kiu povus trafi viron, tiumomente trafis Johanon. Tiu kuracistino, kun la brilaj instrumentoj, intencas kastri lin. Io ajn alia, eĉ la morto mem, estus preferinda al tia absoluta humiligo. Kun honto kaj animpremo li aŭdis sin eligi malgrandan krion. Moke eĥis lian krion iom febra ekrido de Katerina Mor.

Anna verŝajne komprenis lian penson.

«Ni tute ne intencas tranĉi vin, tordi vin aŭ iel ajn stumpigi vin,» ŝi diris, ĉiam mallaŭte sed malvarme. «Al ni kaj al multaj aliaj, vi kaŭzis suferojn ĉefe mensajn — tiujn suferojn, kiujn ĉiuj kredas malgravaj, ĝis ili mem spertas ilin. Estas nur unu ĉi tie, kiu rajtus suferigi vin korpe, jes, terure puni vian korpon. Se tion ŝi vere deziros fari, post serioza pripensado, ni aliaj ne helpos ŝin; sed ni ankaŭ ne malhelpos. Diru do, Emilia, ĉu *vi* avidas lian sangon? Se vi dezirus eĉ krucumi lin, vi verŝajne rajtus tion fari, laŭ la primitiva koncepto pri justa venĝo; ni ne malhelpos vin. Sed mi esperas, ke vi estos pli grandanima.»

Johano devis palpebrumi plurfoje por forigi la grandajn ŝvitogutojn, kiuj lin ĝenis. Emilia Tord alproksimiĝis al li ĝis ŝia vizaĝo preskaŭ plenigis lian vidokampon.

«Emilia ...?» li diris, demandotone kaj antaŭtime.

«Majoro Miles,» ŝi diris sen videbla emocio, «vi lasis min graveda.»

«Ĉu vi bonvolas kredi, ke mi ne sciis pri tio?»

«Mi certas, ke vi ne sciis.»

«Sed ... Emilia ... kial vi ne informis min? Mi estus almenaŭ paginta al vi iom!»

«Ĉu vi povis atendi, ke mi informu vin pri io tiel intima kaj tiel humiliga, post tiuj vortoj, kiujn vi al mi diris dum nia lasta konversacio?»

Johano ne sciis, kion respondi; sed Anna intervenis:

«Kaj precize kiom da mono, majoro Miles, povus kompensi ŝin kontraŭ tia malfeliĉo? Mi tre dubas, ĉu el via tuta salajro vi povus proponi al ŝi sumon, kiu ne estus simpla ofendo, kvazaŭ pago al iu ĉiesulino.»

«Doktorino ... Anna ... mi petas vin ... ĉu vi rifuzas kredi, ke tiu gravedigo estis vere akcidento?»

«Tion ni ĉiuj kredas. Ankaŭ, ke vi ne sciis. Sed ĉu iam vi ĝenis vin por espori, ĉu eble ŝi estas en embaraso? Kiom gravis al vi la eblo, ke tia akcidento okazos? Ĉu vi ne preferis vian propran pli intensan plezuron, al ŝia sekureco?»

«Almenaŭ permesu al mi nun fari ion por iom kompensi tiun malfeliĉan aferon. Kial vi ne procesis kontraŭ mi, por ke mi subtenu la infanon? Tion virinoj rajtas fari.»

«Kaj mi ... kiu en nia bela lando estus perdinta mian postenon, se iu scius pri mia amafero ... mia tielnomita amafero, ĉar vi ne amis min.»

«Belaj estas la leĝoj de nia lando,» diris Anna ironie, «Abortigo estas kontraŭleĝa; la socio viktimigas senedzajn patrinojn; kion povas fari junulino, kiu erare fidis al fripono?»

«Kie estas nun la infano? Mono, mono solvos la aferon. Se estas knabo, eble stipendio por viziti oficiran lernejon ...»

Emilia preskaŭ kraĉis al li.

«La infano estas ia eta malpuraĵo, ia grasmakulo, en la

oceano!»

Anna klarigis.

«Emilia komprenis, ke ŝi ne povas turni sin al vi. Ŝi petegis helpon de kuracisto, sed li ne kuraĝis malobei al la kruela leĝo. Ŝi vane provis diversajn pilolojn, varmegajn banojn; ŝi trinkis ĝinon ĝis ŝi vomis, kaj ree trinkis ĝinon; kun infano, ŝi ne povos gajni monon por subteni infanon. Ŝia senespero donis al ŝi kuraĝon, kuraĝon, majoro Miles, pli ol soldatecan. Ŝi enŝlosis sin en la banĉambron kun botelo da antisepsilo, ŝtalaj trikiloj kaj hoktrikilo, kaj penis operacii sin mem. Sen anestezilo. Sen helpo. Sen eĉ anatomia diagramo.»

Post la abstraktaĵoj, kiuj ne interesis lin, venis konkretaj detaloj.

«Emilia persistis en sia sintorturado ĝis ŝi ja sukcesis detrui vian infanon. Ŝi ankaŭ detruis ĉiujn esperojn pri estonta infano, kiun eble iu sincera viro, edzo, aŭ reala, fidela, ŝin prizorgema amanto, estus doninta al ŝi. Ŝi preskaŭ mortis. Estis mi, kiu flegis la terure vunditan menson, kiam kuracistoj estis savintaj la hontigitan, torturitan korpon. Nu, tiuj suferoj ebligis al ŝi eviti turmentojn eble pli terurajn, kaj savis el la vivo alian personon, kies vivo estus kredeble tre malfeliĉa. Sed mi esperas, ke vi ne sentas vin tre fiera pri viaj faroj ... nek pri tiuj leĝoj, de viroj faritaj, kiujn vi neniam iel penis modifi.»

«Nu, Emilia, ĉu vi deziras tranĉilon, pinĉilon? Ni ne malhelpos vin.»

«Se mi dezirus ion tian,» Emilia respondis, «estus ŝtala trikilo; precize tio, ŝtala trikilo, per kiu mi intime esplorus lian korpon.»

Majoro Johano Miles paliĝis.

«Ne, Anna, mi ne deziras ian instrumenton; li mem estu la

instrumento de sia puno. Mi mem parte kaŭzis miajn proprajn suferojn, per malsaĝa misjuĝo. Mi kredis lin sincera, amoplena; kaj nun mi miras pri mia propra stulteco. Mi ne deziras apartan venĝon. Mi deziras nur, ke li *sciu*.»

«Bone, Emilia!» respondis la psikiatrino.

«Vi montras vin pli grandanima, ol mi povus esti!» kriis Lucia De Florar.

«Kelkfoje dum mia vivo,» diris Dorotea Vark, «mi sentis eksterordinare fortan deziron, iel kripligi, deformi, malbeligi lin. Nur por ke li sciu, kio estas loĝi en malbela korpo, kies mankoj konstante muelas la memfidon; ke li vivu kun normalaj apetitoj, kaj ne esperu pri kontentiĝo. Sed nun mi ne volas malbeligi lin. Ne estas bone, ke pli da deformitaj homoj trasuferu la vivon.»

«Kion do vi intencas fari kun mi?» Johano demandis, penante regi sian voĉon, kiu montris ĝenan emon troaltiĝi.

«Nun venas la tempo, ke ni klarigu tion al vi.» Anna komencis.

«Ni longe diskutadis, kio estus vere justa puno kaj valora leciono al vi. Ni ne volas troigi vian kulpon. Estas ĉiam tre malfacile decidi, ĝis kioma grado la homoj respondecas pri siaj propraj faroj, opinioj aŭ personecoj. Tre verŝajne, diversaj travivaĵoj en via propra frua vivo grandaparte muldis vin. Tamen, vi lasis post vi dum via vivo tiom da suferantaj virinoj, tiom da grave vunditaj psikoj, ke ni ĉiuj konsentis pri la neceso, iom instrui vin pri virinaj sentoj. Ĉiuj ni virinoj vere iam tre penadis plaĉi al vi; ĉiu el ni iam deziris feliĉigi vin; sed eĉ unu el ni ne povas memori pri iu ajn signo, ke vi iom pensis pri nia feliĉo, eĉ ke unu el ni iom gravis al vi. Ĉu fakte vi iam komprenis, eĉ ke ni estas homaj personoj?»

«Sed,» Johano kuraĝis argumenti, «vi ne estas tre justaj al mi. Kiel vi povas atendi, ke viro komprenu pri virinaj sentoj? Ĉu iu el vi iam komprenis pri la miaj? Ne atendu, ke mi estu telepatia!»

«Vi pravas!» diris Anna, kaj liaj esperoj iom pligrandiĝis.
«Estus tute neracie kaj nejuste, atendi, ke viro komprenu virinon,
aŭ ke virino komprenu viron. La strukturoj kaj evoluoj de la
psiko ja tre malsimilas, kaj multa mistero restas. Kaj tamen,
Johano ... multaj homoj, el ambaŭ seksoj, iom divenas; ili ne
komprenas, sed volas kompreni; ili montras ian simpation, ian
estimon, ian atentemon pri la alia personeco ...»

Dum momento ŝia voĉo tremetis, sed ŝi regis sin kaj daŭrigis:

«Vi diras, ke vi ne komprenas la sentojn de virinoj. Nu do,
ni intencas forigi de vi tiun malavantaĝon. Se vi estas sciamanto,
vi certe trovos vin baldaŭ en situacio unike informa kaj interesa.
Eble poste vi povos verki valoran libron, ĉar vi estos la unua viro,
kiu plene solvos la misteron de la virino.»

«Al la infero! Kion vi celas?»

«Mi kun kelkaj gekolegoj faris multajn profundajn esplorojn
pri hormonoj. Vi ne povas imagi, kiel rapide progresas nuntempe
la biologiaj sciencoj. Nun ni intencas ŝlosi vin en taŭgan kelon.
Ne timu: ni tute ne vundos vin, eĉ ne kontuzos vin. Ni jam
meblis tiun ejon, per ĉio kion vi bezonas por resti en sano kaj
eĉ modera komforto. Neniu vin liberigos; ne esperu pri tio.
Viaj krioj ne estos aŭdeblaj de ekstere. Eĉ se iu vizitos tiun ĉi
domon, li ne trovos vin. Tiun ĉi kelon ni preparis jam dum kelkaj
semajnoj. Sed vi ne suferos pro malsato. Ĉiutage ni regalos vin
per tri bonaj, nutraj, variaj manĝoj. Marta tie ĉi kuiras eminente,
kaj mi mem kaj Lucia provizos ĉion. Pli bone vi manĝos tie ĉi, ol
en la oficira manĝejo.»

«Sed en ĉiu manĝaĵo kaj ĉiu trinkaĵo, eĉ en la akvo, estos
granda dozo de koncentrita hormon-preparaĵo.»

«Fulmotondro kaj mil siteloj da sango! Kion vi celas,

diablinoj?»

«Se vi parolos tiel maldelikate, mi eble sentos min incitita vangofrapi vin,» daŭrigis Anna, ĉiam laŭ tiu frenezige milda, kvazaŭ pedagogia tono. «Post du tagoj, vi jam perceptos kelkajn simptomojn de ... ĉu ni diru, de velkado ... Vi trovos ankaŭ grasan karnon ĉirkaŭ viaj mampintoj ... Post eble unu semajno, majoro Miles, vi estos kompleta virino.»

«Ne eblas!»

«Jes, eblas. Mi ja estas kompetenta fakulino. Absolute nenian alian modifon ni faros al vi. Ni povus terure torturi vin, ni naŭ, en tiu ĉi izolita loko. Sed vi nur iĝos virino. La ŝanĝo cetere estos nerenversebla. Ni ne montros nin sadismaj. Ni donos al vi virinajn vestojn, eĉ bonkvalitajn, laŭmodajn, bongustajn, kaj ĉion alian, kion vi povas tuj bezoni. Ni eĉ helpos vin trovi honestan laboron. Kaj baldaŭ, Johanino, vi tre bone komprenos la sentojn de virino, pli bone ol iu ajn viro komprenis ilin, dum la tuta historio de la homaro. Kaj nun ni komencu!»

Sofia alproksimiĝis kaj kovris liajn okulojn per nigra tuko. La naŭ virinoj portis la seĝon ien, dum li sidis en sufoka mallumo. Poste, iu deprenis la nigran tukon. Li sidis sur la seĝo inter kvar ŝtonaj, dikaspektaj muroj. Li vidis la dikegecon de la pordo el fergarnita ligno, kiu ankoraŭ restis aperta. Meze de la pordo estis ia giĉeto kun ŝovpordeto, longa kiel lia piedo, same larĝa.

Lia malliberejo estis, kredeble, subtera. Fenestron ĝi ne havis; sed verŝajne la mallarĝa, funelforma truo en la plafono enlasis aeron. Li vidis: matracon kun kapkuseno kaj tri dikaj litkovriloj; grandan blankan sitelon, kun kovrilo, apud kiu staris skatolo de ia desinfekta pulvoro. En la kontraŭa angulo staris lavpelvo, akvokruĉo kun sapo kaj viŝtuko. Sur tableto troviĝis tranĉilo, forko, du kuleroj kaj telero, sed ĉiuj estis plastaj. Estis ankaŭ fasko da bildgazetoj, sed ĉiuj estis por virinoj. Sur la kuseno, ĉe la improvizita lito, iu aranĝis kvar purajn poŝtukojn kaj unu kalsoneton. La elektra lampo estis ĉe la plafono, neatingebla, kaj ŝirmita per forta metalfadena ŝirmilo. La ŝaltilo ne estis en la ĉambreto.

«Do!» diris Anna. Ŝi forlasis la kelon, fermis, ŝlosis kaj riglis la pordon kaj malfermis la pordeton; tra ĝi ŝi puŝis longan stangon, al kies proksimiĝanta fino akra klingo estis fiksita. Morti kiel besto en kaptilo ...

Sed ne; ŝi gvidis la klingon al lia dekstra kruro. Ŝi tranĉis la ŝnurojn ĉe liaj kruroj, poste ĉe liaj brakoj, rapide fortiris la tranĉilon kaj lasis la majoron finliberigi sin de la seĝo. Li volis kuri al la pordeto; sed dolora sango-refluo malhelpis lin; longe ligitaj muskoloj ne obeis al la cerbo; li falis sur la matracon. Dum tempeto li kuŝis en iaspeca duonkonscio.

Poste li marŝis ĉirkaŭ sian kelon kaj rigardis, tuŝis, puŝis ĉion. Li vidis nenian eblan armilon, sabotilon, fosilon. Li pensis pri la ebleco frakasi la akvokruĉon aŭ la pelvon; sed ambaŭ estis el metalo. Bategante sian ŝultron kontraŭ la pordon, li nur kontuzis sin; la pordo eĉ ne movetiĝis.

Bruligi la pordon ... Metinte manon en sian poŝon, Johano trovis, ke liaj persekutantinoj lasis ĉe li poŝtukon, krajonon, malgrandajn monerojn, eĉ monujon kun puraj bankbiletoj, sed forprenis liajn alumetojn, poŝtranĉilon kaj identigilon. Poste li rimarkis, ke ankaŭ lia brakhorloĝo estas for.

Post tempo, la pordeto malfermiĝis kaj Sofia enfaligis kvar pakaĵetojn en celofanpapero.

«Sandviĉoj el fumaĵita salmo; ŝinksandviĉoj; tomatoj kaj fruktoj; kaj kvar diversspecaj kuketoj. Se vi deziras kafon, venu kaj prenu la ujon.»

Li iris kaj prenis. Se li povos kapti unu el tiuj molaj manoj, eble li povos tamen persvadi ... sed Sofia verŝajne antaŭvidis tiun eblon. Tra la giĉeto sonis ŝia voĉo:

«Dum ankoraŭ kelkaj jaroj, vi ĉiumonate scios, ke vi estas malbonodora kaj malbonhumora; la nervoj vin turmentos; vi naŭzos vin mem; kaj vi scios, ke viroj de via tipo nur malestimos vin pro tiuj ĝenoj.»

Johano jam estis decidinta, ke li ne manĝos en tiu kelo. Li malsekigis sian buŝon per kafo, poste kraĉis la buŝoplenon en la sitelon, kaj konstante pensadis, kiel savi sin.

La kafo malvarmiĝis kaj la bonaj manĝaĵoj restis sur la planko.

Li ne sciis kalkuli la tempon, kiu pasis inter tiu epizodo, kaj nova malfermo de la pordeto. Ĉi-foje estis Emilia, kiu proponis al li poton kun tre bonodora kokidaĵo kun legomoj, plastan teleron kun rizo, kaj novan pakaĵon kun belaj lukskukoj. Li prenis ĉion, sed poste bedaŭris, ĉar la odoro de la bona stufitaĵo turmente allogis lin. Diris tra la pordeto la voĉo de Emilia:

«Mi esperas, ke vi bone preparos vian menson por la tago, kiam vi havos penetreblan inan korpon, kies propra strukturo estas en si mem humiliga. Ĉu vi iam pripensis tion antaŭe? Ĉu vi iam demandis al vi, kiom virino devas ami, por riski gravediĝon? Mi tre esperas, ke vi havos infanon! Preferinde infanon deformitan per viaj nesukcesaj provoj forigi ĝin!»

Certe, li reatingos tre malfrue sian postenon, se entute li reatingos ĝin ...

Estis Marta, neniam tre parolema, kiu alportis la trian manĝon.

«Baldaŭ vi estos korpo seksperfortebla,» estis ŝia sola komento. Sed la neniam tre aktiva konscienco de Johano poste turmentadis lin, per bildoj nepriskribeble naŭzaj kaj timigaj.

Nur kiam li estis jam trifoje sveninta pro malsato, li ekmordis sandviĉon. Tiam la malsato subite venkis lin. Li manĝis, manĝegis preskaŭ ĉion, poste teruriĝis. Ĉu jam li venenis sin per virineco? Li kuris al la sitelo kaj vomigis sin.

Post ia eterno, li aŭdis la heziteman, neekvilibran paŝadon de Dorotea Vark. Malfermiĝis la pordeto. Aperis bonegaj pasteĉoj, ananaso, kremtorto, fiŝaĵo sur rostita pano. Ĉi-foje li rifuzis preni, kaj Dorotea faligis ĉion sur la plankon, kun stranga rido. La rezulto estis nebela.

«Vi manĝos!» ŝi kriis al li. «Vi devos ja manĝi aŭ morti! Pripensu kiel estos, kiam, se vi havos amanton, vi riskos vian karieron kaj reputacion; se vi ne havos, vi ne rajtos mem serĉi; kiam iu viro rajtos ĵaluzi pri vi, sed ne rajtigos vin ĵaluzi pri li! Mi volegas vidi vin en la turmentoj de virina sopirado! Kaj vidi, kiel viroj malestimas vin pro viaj bezonoj mem! Mi apenaŭ povas atendi tian ĝojon!»

«Dorotea, Dorotea!» aŭdiĝis la milda voĉo de Anna ekstere. «Vi bezonas pluan trankviligan pilolon.»

Post horoj inferaj, Johano falis vizaĝ-al-tere, kaj kiel hundo ekmanĝis, rekte per la buŝo, de sur la planko, la frakasitajn pasteĉojn.

Estis bona vino, kvankam en metala nerompebla ujo, kiun Karolina Barty portis al li, kun la komento:

«Baldaŭ vi estos virino, en mondo, kie viroj faras la leĝojn. Se iu proponos, ke oni pagu vin same por la sama laboro, kiel viron, viroj demandos, kial vi meritas tian *privilegion*!»

Kaj ŝi pli brue ol la aliaj fermis la pordeton.

Johano ne sciis, kiel longe turmentadis lin malsato, soifo kaj kreskanta naŭzego pri lia sorto. Subite li deprenis ĉiujn vestojn, por ke li esploru sian korpon pri timigaj simptomoj. Ŝajnis al li, ke la konturoj jam estas pli virinecaj. Certe li sentis sin malpli forta, pli plorema.

Li ruĝiĝis, kiam krio de Lucia ĉe la pordeto atentigis lin, ke ŝi lin rigardas.

«Jes, viaj mamoj jam ekkreskas, Johanino!» ŝi diris, faligante en la kelon korbeton da luksaj fruktoj, sur kiuj li vidis truetojn, kiujn vermoj ne faris.

Volante kovri sin rapide, li prenis litkovrilon kaj tiris ĝin ĉirkaŭ sin, kiel jupon. Poste, kiam Lucia estis foririnta, li trovis iun teruran signifon en tiu ago. Kial li subite iĝis pudora? Kial li deziris jupon? Li forĵetis la litkovrilon kaj rigardis sian propran korpon kun obseda timo, jam vidante ekŝanĝojn, kiuj ankoraŭ ne okazis.

Kiam Anna malfermis la pordeton, ŝi ne proponis manĝaĵojn. Ne necesis; superfluaj manĝaĵoj jam turmentis lin el ĉiu direkto. Svenema pro malsato kaj soifo, histeria pro netolerebla konflikto inter malsato kaj timo, li kaŭris sur la matraco, nuda, malpurigita per manĝaĵoj, kiujn li prenis kaj kontraŭ kiuj li kvazaŭ batalis. Li ankaŭ estis dufoje vominta. Estis bruna makulo sur muro, kie li furioze forĵetis ĉokoladtorteton al mokanta virina vizaĝo.

Anna, plej milde kaj ĝentile, diris:

«Ni ĉiuj ja sciis el la sperto, kiel malagrable estas, kiam nia ĝeneto surprizas nin kaj ni ne havas la necesajn aĵojn. Ni certe estas tro humanaj, por deziri al vi tian humiligon. Jen!»

Li dum kelkaj minutoj ne komprenis la pakaĵon, kiun Anna puŝis en la kelon. Poste li rekonis tiujn vatbandaĝojn, kiujn virinoj devas uzi ĉiumonate.

Li komencis bati sian kapon kontraŭ la muron.

Lacigite, kontuzite, li denove rigardis la propran korpon, kaj ekhurlis kiel rabobesto. La nazo eksangis. Nereteneblaj larmoj ŝprucis el liaj okuloj, kaj li komencis vokegi al la senkompata silento:

«Panjo! Panjo! PANJO!»

La psikiatrino malfermis nur kvarone la pordeton.

«Estas via vico, Katerina.»

«Ĉu vi memoras, Johanino, kiel vi diris al mi, ke vi malestimas virinan histerion? Ĉu vi memoras, kiel vi diris al mi, ke temas nur pri fantazio kaj stultaĵoj? Ĉu vi memoras, kiel vi petis min, ke mi ne montru la malfortecon de mia stulta sekso?»

«Kaj kial vi plendas, Johanino?» Anna mildvoĉe demandis. «Ĉu iu torturas vin? Sangigas vin? Rifuzas al vi iujn necesaĵojn?»

«Diablinoj! Hundinoj! Sterkulinoj! Mi mortigos vin ĉiujn! Aaa! Aaa! Aaa!» muĝis la majoro.

«Pripensu pli klare, Johanino. Kio do estos via sorto? Ĝi estos nur la sorto, kiu aŭtomate trafas proksimume duonon de la homaro. Vi estos eĉ pli bonŝanca ol duono de la homaro, ĉar kiel infano kaj kiel juna persono vi vivis vire, vi tre ĝuis la viran vivon. Kaj ne forgesu, ke virinoj ofte vivas multe pli longe ol viroj. Post la novaj humiligoj kaj suferoj de la klimakterio, eble vi eĉ dankos nin pro pli longa vivo.»

«Aaa! Aaa! Aaĥ!»

«Se vi lamentos, ke vi estas virino, kiu kompatos vin? Tre multaj homoj estas virinoj. Ne temas pri malsano aŭ difekto.»

Majoro Johano Miles ĝemis kaj ploris ĉe la fermita ŝovpordeto.

En komforta ĉambro, supre, la venĝokomitato faris sian lastan kunsidon.

Anna diris:

«Nun ni povas forigi ĉion, kio povus identigi nin, forlasi la domon, kaj informi la policon, ke iu estas malliberigita tie ĉi.»

«Mi havas proponon por la komitato.»

«Jes, Dorotea?»

La lamulino, kiu suferadis dum la tuta vivo, proponis:

«Unue ni lasu lin en la kelo dum kelkaj tagonoktoj, kaj nur poste ni aranĝu, pri lia liberigo.»

«Ĉu li ne jam lernis sian lecionon? Mi komencas vidi kelkajn simptomojn de mensa malekvilibro ...» diris la psikiatrino. «Kio estas via opinio, Emilia?»

«Eble li jam lernis sian lecionon, sed ĉu ni jam estas kontentaj? Ni lasu lin iom stufiĝi tie.»

«Katerina?»

«Ni lasu lin pli longe ... Ni lasu lin por ĉiam! Li putru tie!» La okuloj brilis malsane; la pugneto batis la tablon.

«Ni ne povas lin pereigi. Ni devos iam liberigi lin. Lucia?»

«Li iom restu.»

«Karolina?»

«Estas al mi indiferente. Li nun ne tre gravas al mi. Mi vidis lin ridinda; tio sufiĉas.»

«Sofia?»

«Ni lasu lin eble dum dudek kvar horoj.»

«Maria?»

«Mi ne rajtas juĝi: min li ne suferigis. Li estas stultulo; sed nun li eble scias ion.»

«Marta?»

«Mi volas, ke li restu pli longe en la kelo.»

«Jes,» diris Emilia, «mi deziras, ke li vere havu abundan tempon por timi ĉion.»

«Ŝajnas, ke la plimulto voĉdonas por lia pli longa restado. Do, ni foriru; sed li restu.»

La virinoj, kiuj tiel aranĝis la programon por Johano Miles, ne estis kutime malicaj; sed ili iom tro interparoladis pri siaj suferoj; ili pensis pri venĝo; ili atingis ian venĝon; kaj tio stimulis la apetiton al plua venĝo. Eble, se ili restus en la dometo kaj aŭdus la kriojn de Johano, ili finfine estus sataj kaj sentus naŭzon pri la afero; sed ili ne restis. Li mem lasis ĉe ĉiu el ili ian amarecon, kiu kreskis dum longa tempo. Tiun amarecon ili mem komencis flegi, kiam ili planis sian venĝon. Dum la planado, ili elpensis multajn novajn detalojn; dum la plenumado, ia malekvilibro plifortiĝis en ĉiu virino, eĉ en la psikiatrino.

Ili lasis sian kaptiton en la kelo dum kvar tagonoktoj.

Tie Johano Miles societis nur kun sia memoro kaj sia propra fantazio. Li penis imagi, kia povas esti la vivo de virino. Pli bona viro estus kreinta iom pli belan bildon; sed Johano povis imagi la vivon de virino, nur el sia propra sperto; oni kompreneble traktos lin tiel, kiel li iam traktis virinojn, ĉar tiel oni ja traktas virinojn. En virina vivo ekzistas nur la viro konkeranta, reganta: li neniam konversaciis serioze kun virino pri profesiaj aŭ kulturaj aferoj. Li havis multajn memorojn, nekonatajn al Anna Brakŝa, pri siaj plezuroj dum la mondmilito; nun tiuj memoroj, iam inter liaj plej gajaj anekdotoj, inversiĝis kaj plenigis lin per timo.

Eĉ tiam, ne temis pri ia konsciencriproĉo. Devigite, por la unua fojo en sia vivo, vere pripensi sian sintenadon kontraŭ la virinoj, li sentis nenian bedaŭron pri la suferoj de tiuj personoj; li ne konceptis ilin kiel personojn. Li sentis nur timon, naŭzon kaj koleron, ĉar li devos partopreni tian sorton.

Post kvar tagonoktoj, Marta Kut, laŭ interkonsentitaj instrukcioj, telefonis al policejo el telefonejo ĉe homoplena stacidomo:

«Iu iru al la blanka dometo kun grizaj tegmentoj kaj verda pordo, apud la rivero, kvar kilometrojn norde de ---. Tie vi trovos iun, kiu bezonas helpon.» Ŝi demetis la instrumenton.

Tuj poste, Marta Kut trafis vagonaron.

Kiam tri policanoj malfermis la pordon de la kelo, ili trovis tie viron tute nudan, belkorpan, kiu kuŝis sur la planko, meze de eksterordinara miksaĵo de mebloj, disŝiritaj vestaĵoj kaj litaĵoj, kaj manĝaĵoj, strange dispecigitaj kaj dispremitaj. Fadeneca, glueca salivo gutis el lia buŝo. Li estis multe vominta. Kiam policano volis preni la malsanulon en siajn brakojn, por forporti lin, la viro furioze kaj kriegante defendis sin per la ungoj.

Laŭ esploroj faritaj en la frenezulejo, la neidentigebla viro estis fizike sana, escepte, ke la subnutrado kaj fluidomanko montriĝis ĉe la korpo. Tio ĉi ŝajnis des pli stranga, ĉar en la kelo troviĝis amaso da nutraĵoj. Post analizado, oni konstatis ke, kvankam li traktis ilin tiel strange, kaj verŝajne timis ilin, tiuj nutraĵoj estis tute sen iu ajn veneno aŭ medikamento.

Li persiste rifuzis manĝi, kaj post stomaktuba nutrado li preskaŭ ĉiam vomis, precipe matene. La devo de kuracisto estas savi vivojn; tial oni ankaŭ nutris la pacienton per klistero. Poste li plorante petegadis:

«Tranĉu mian ventron, pro kompato; tranĉu mian ventron kaj deprenu la infanon!»

Oni neniam eltrovis, kiu li estas. La psikiatroj suspektis, ke familianoj erare penis mem flegi frenezulon, poste senesperiĝis kaj forlasis ĉion. Videble oni bonintencis; li havis en la kelo komfortajn meblojn kaj abundajn nutraĵojn; lia korpo estis sen vundo.

Tamen, ĉiuj, kiuj lin esploris, konsentis, ke la prognozo estas, preskaŭ certe, tute negativa.

8. TIEL, KIEL ĜI NE OKAZIS

«Ni kaŝu nin,» diris Adamo al Eva, «ĉar la Kreinto venas.»

«Kiel ni kaŝu nin?» Eva respondis; «Li kreis la cent verdojn, kiujn ni vidas sen turni la kapon; Li kreis pli da steloj, ol ni kapablas kalkuli; kaj ĉu Li ne povus krei lumon, kiu montrus la ostojn en nia karno, aŭ flamon, kiu sekigus la maron? Se Li koleros, Li povos tuj malkrei nin, eĉ dum ni restos kaŝitaj. Kaj se ni ja kolerigis Lin, la respondeco estas mia; mi proponis al vi la oran frukton; mi diros tion al Li, kaj vin Li eble pardonos.»

«Ne!» diris Adamo, skuante la kapon; kaj la sunlumo ludis ore sur lia krispa barbo. «Ne, Eva, mia edzino; mi estus povinta rifuzi la frukton; mi respondos por mia propra ago kaj ne deziros, ke vi portu ankaŭ mian ŝarĝon.»

Responde, Eva, kies okuloj bluis kvazaŭ la novkreita ĉielo, premis siajn firmajn, spicodorantajn mamojn kontraŭ la vilan bruston de la edzo, kaj adore kisis lian ŝultron. Sed Adamo levis ŝian kapon, klinetiĝis kaj elsuĉis de ŝiaj lipoj longan edenan kison.

Tia lumego tuj envolvis ilin, ke ili certis pri la ĉeesto de la Kreinto. Ili genuiĝis; ĉar post la manĝado de la malpermesita frukto, ili sciis rekoni kaj respekti la bonon absolutan.

«Leviĝu,» diris la Kreinto, «kaj ni promenu en la malvarmeto de la tago. Sed ĉu vi ne scias, ke vi estas nudaj?»

«Jes,» respondis Adamo, «ni scias, Sinjoro, ke ni ne estas kovritaj, tiel kiel la birdoj kaj la peltaj bestoj estas kovritaj. Ni laŭdas Vin pro Via krea saĝo; ĉar en nia amo ni povas pli proksimiĝi ol la kovritaj birdoj kaj bestoj; kaj ni vidas, ke ni estas belaj; laŭdata kaj dankata estu Vi, Sinjoro!»

Kaj la Kreinto ĝojis; kaj kie la Kreinto lokis sian penson, sep novaj herbospecoj ekplumis kaj ektremis modeste sub la vespera suno.

«Laŭdata kaj dankata estu Vi, Sinjoro!» kriis Eva; kaj Adamo ridetis al ŝi aprobe.

«Tamen,» diris la Kreinto, «nun stumpa tigo troviĝas sur la arbo kies frukto brilas kiel oro kaj kiu sciigas pri bono kaj malbono.»

«Jes, Eternulo,» Adamo konfesis, «mi manĝis parton de la ora frukto. Faru tion, kion ordonos Via perfekteco, mi ne trompos Vin; kreita laŭ Via bildo, mi ne diros malveron.»

«Eternulo,» diris Eva, prenante la manon de sia edzo, «Vi malpermesis, ke ni manĝu tiun frukton; kaj mi esperas, ke mi komprenis la signifon de Via malpermeso. Mi manĝis la frukton kaj proponis ĝin al Adamo. Se mi eraris pri Via intenco, mi krimis kontraŭ Vi, pli grave ol Adamo; faru laŭ la ordonoj de Via perfekteco.»

«Kaj ĉu la Serpento iel kulpas en la afero?» diris la Kreinto.

«Ne,» Eva respondis, «ĝi ja montris al mi la arbon, sed mi ne rajtas kulpigi ĝin; la decido estis mia.»

«Ho, Eternulo!» kriis Adamo, «malkreu nin, se Vi volas; sed ne disigu nin, kaj permesu, ke ni ekmalestu dum la sama momento!»

La Kreinto pli ĝojis; kaj Lia ĝojo fariĝis alaŭdoparo, kiu forflugis por multiĝi.

«Diru al mi, Eva, kiel vi komprenis Mian malpermeson,» ordonis la Kreinto. «Sidiĝu sur tiu ĉi mola herbejo, inter tiuj ĉi violetoj kaj primoloj, kaj klarigu ĉion al Mi, kiel inter amikoj. — Sidiĝu, Adamo! — Ni bone priparolu ĉi tiun aferon, ĉar ĝi estas gravega, kaj koncernas Mian tutan Universon. Sed inter amikoj; ĉar Mi estas via Amiko; kaj Mi estas kun vi ĉiam, eĉ se vi perceptas Min nur dum amaj agoj kaj kelkaj aliaj adorigaj momentoj.» Tion diris la Kreinto el la flaveco de la vespera sunlumo.

«Vi diris al ni,» Eva komencis, karesante la delikatan malvarmetecon de violetaro, «ke Vi kreis nin laŭ Via bildo, por ke ni povu rilatiĝi senpere kun Vi, kaj ke ni regu super la fiŝoj de la maro, kaj super la birdoj de la ĉielo, kaj super ĉiuj bestoj, kiuj moviĝas sur la tero.»

«Prave!» jesis la Kreinto. «Tian riĉecon Mi donis al vi, tian potencon, tian gloron. Sed Mi donis al vi unu mildan, neĝenan ordonon; kaj vi malobeis. Eva, klarigu al Mi vian motivon. Ĝin Mi jam konas; sed Mi deziras, ke vi mem plene konu ĝin; kaj, tial, vi devas vortigi ĝin.»

«Mi sciis, Eterna Sinjoro, ke Vi kreis nin laŭ Via bildo, por vere kunlabori al Viaj celoj. Tial, mi kredis, ke Vi, la Kreinto, volis krei kreantojn. Sed kion ni kreu por Vi? Ni ne scias, kiel krei alian Edenon, alian Piŝan aŭ Eŭfraton; ni ne povas eĉ krei novan koloron aŭ novan meteoron.»

«Ne, ĉar vi kapablas koncepti nur tion, kion vi iasence konas. Vi deziras krei infanojn, kaj vi sukcesos, sed vi povas imagi ilin nur kiel vin mem; vi fakte deziras multigi la amatojn, kiel la homoj deziros ĝis la tempofino; sed per Miaj misteraj leĝoj, vi kreos unikulojn, ĉiam novajn homojn; kaj tial vi estos pli feliĉaj, ol kreinte spegulbildojn.»

«Via saĝo estas senfina, kaj ni ne povas sondi Viajn sekretojn!» Adamo diris; ĉar li vidis, ke la Kreinto komprenis pensojn, eĉ neniam vortigitajn.

«Daŭrigu, Eva,» diris la Kreinto.

«Eternulo, kiam Vi malpermesis al ni, ke ni manĝu la oran frukton, mi kvazaŭ sentis subdiron, vualitan peton. Ni estas nur Viaj kreitaĵoj; malmulton ni scias; sed mi sentis, ke Vi volas nin provi, kvazaŭ ... nu, kiel mi provus bastonon en la mano, antaŭ ol uzi ĝin por havigi al mi nuksojn. Aŭ ne ... ne ... tio ne ĝuste prezentas mian ideon. Adamo, helpu min, mi petas.»

«Eva, kiam vi faras florgirlandon, vi poste tre atente rigardas ĝin, por certiĝi, ĉu ĝi taŭgas plene ... ĉu ĝi estas tiel bona, kiel vi kapablas fari ...»

«Mi dankas vin, mia vivo; vi ĝuste trafas mian penson. Ho Eternulo, Vi kreis nin; sed nin, unike, Vi kreis laŭ Via propra bildo. Vi volas do, ke ni kreu; kaj tio signifas, ke ni uzu niajn mensojn; ke, kvankam Vi kreis la mensojn, ni nun devas uzi ilin por krei ion ... por ke ni pli bone komprenu Vian ĝojon kaj eniru Vian amikecon ...»

«Vi pravas,» respondis la Kreinto.

«Kaj mi sentis, ke malpermesinte al ni ion, Vi deziris, ke ni malobeu.»

«Ni timis,» Adamo konfesis, «ĉar ni sentas la neperfektecon de niaj propraj mensoj; sed Eva helpis min al kuraĝo; poste, ni timis denove; ĉar se ni misinterpretis Vian volon, ni eble malhelpis al iu granda celo ...»

La unuaj vesperaj steloj komencis brili super la griziĝanta sed neniam malvarma ĝardeno; kaj la Kreinto, pro la superfluo de Sia ĝojo, kreis la noktflorantan levkojon.

«Ne, Miaj geinfanoj, vi bone interpretis Mian volon. Vi estas la ĝisnune plej alta atingo de Mia arto; Mi sciis, ke Mi faris ion unikan; sed ĉu vi vere kapablos eĉ defii Min — tiun parteton de Mi, kiun vi povas koni? — pro tiu scivolemo, kaj kreemo, per kiuj Mi intencis doti vin? Vi jam spertis, same kiel Mi, feliĉon ĉi tie, ĉu ne?»

«Jes, Sinjoro,» Adamo respondis, «ni estas treege feliĉaj.»

«Sed feliĉo ne satigis viajn animojn. Vi volis scii; vi volis eksperimenti; vi volis krei. Nun vi havas scion eĉ danĝeran, sed Mi protektos vin; vi kaj via speco eksperimentos dum jarcentoj, kaj formos vian propran vivon. Vi daŭrigos Mian artisman taskon, en ĉiam nova krea ĝojo.

»Ĉu vi scias, ke Mi povas suferi? Mi ofte suferas, kiam dum momento Mi dubas, ĉu iu kreitaĵo Mia estas tiel bela kaj interesa, kiel Mi intencis. Kaj pri vi du, benita paro ... Mi dum terura momento ekdubis. Ĉu vi blinde obeos Min, kaj satiĝos per Edeno? — Se vi estus obeintaj, Mi estus devinta krei novan vivoformon, eĉ pli altan ol vi, por havi indajn kunulojn en Mia kosmo. Dum momento, Mi timis, ĉu eble Mi fuŝis Mian plej subtilan artverkon. Kaj Eva ekmordis la pomon; kaj Mi denove ekĝojis.

»Sed alia timo subite trafis Min: ĉu vi estos sufiĉe fortaj por porti tian decidon, kaj, poste, tian scion? Se vi estus ektimintaj Min — Min, kiu amegas ĉion, kion Mi kreis — aŭ se, kun tiom da scio, estus veninta honto ...»

«Eternulo,» diris Eva respekteme, «mi ne plene komprenis Vin. Kio estas honto?»

«Terura koncepto, kiu iam trafulmis Mian menson, sed kiun Mi neniam volis intence konkretigi. Mi esperas, ke vi neniam konceptos ion tian; sed ke vi ne konceptas ĝin, Mi pruvis je la komenco de nia konversacio. Sed se per iu subita penso Mi

estus metinta tian emocion en vin — kia tragedio! Se vi estus
ektimintaj Min, kaj timus decidi, kaj eksperimenti, kaj eĉ ami —
via speco estus perdita dum jarmiloj per via ago!»

«Ho ve!» ekkriis Eva.

«Ne veu, Eva; tiaj ideoj restas nur ideoj, ĉar vi du venkis;
vi ja estas tiaj kreitaĵoj, kiajn Mi intencis krei. Alie, Mi ja ne
detruus vin; sed via speco estus dum jarmiloj suferinta en
Mensogo, Timo, Honto, kaj eĉ en Malamo.»

«Ĉu tiuj strangaj vortoj estas la maloj de Vero, Kuraĝo, Fido
kaj Amo?» demandis Adamo.

«Jes. Kompreneble ili estas nur konceptoj en Mia
eksperimentema menso. Sed dum momento Mi ektimis, ke
eble ili realiĝos en la Homo. Mi ne povas klarigi al vi, kiom da
mizero tio signifus por via speco kaj por la tuta mondo. Feliĉe
vi ne havas tiajn konceptojn.

»Iru do en paco, feliĉa paro; fruktu kaj multiĝu en ĝojo;
eksperimentu, kreu; al vi la plastika Tero apartenas. Kaj Mi ĉiam
estos kun vi, eĉ kiam vi pro okupiteco ne pensos pri Mi.»

Kaj la Kreinto foriris en Sin mem, por krei uranion, iam
donontan grandan potencon sendanĝeran al la eksperimentema
homa speco.

Adamo kaj Eva marŝis penseme al la nupta flordometo, kiun
ili konstruis por dormi inter parfumoj. Ĉe la aperturo, ili trovis
grandegan tigron, kiu, vidante ilin, tuj surdorsiĝis kaj ekronronis,
por ke Eva tiklu ĝian silkecan ventron.

9. LERNANTINO

*P*AŬLINO faris lernejan hejmtaskon sur angulo de la tablo, en la kuirejo. La patrino, jam pretiginte kelkajn pasteĉojn por la vespermanĝo, elĉerpis sian paston, farante kelkajn tortetojn kun riĉkolora, brila frambomarmelado.

Paŭlino devis desegni mapon de Skandinavio, kaj surmeti la ĉefajn urbojn kaj riverojn. Ŝi ĝojis, ĉar ŝi devas desegni mapon; skriba hejmtasko postulas plenan atentadon; sed super la mapo Paŭlino povis iom revi. Ŝia nuko, ŝiaj kreskantaj mamoj, ŝia buŝo, memoris treme pri Ralfo. Inter la tagmanĝo kaj la komenco de la posttagmezaj lecionoj, ili kaŝis sin en malproksima anguleto de la ludkampo, post kelkaj arbustoj, kaj eksperimente, iom timeme, karesis unu la alian. Ralfo havis plurajn aknojn, kaj lia hararo ne estis tre bonorda; sed li estis mirinda, mirinda. Li ne volis instrui, nek korekti, nek reformi ŝin; li volis fari nenion por ke ŝi iĝu bona knabino; li nur volis tuŝi ŝin, kaj lia tuŝo estis frostosparkoj, nigraj fulmoj, amara vino, dolĉa marakvo kaj tiuj neĝaj steloj kiujn ŝi iam vidis per mikroskopo.

La frambomarmelado estis senspirige bela; rubenegoj en la pastorondoj. Tion ŝi neniam antaŭe rimarkis.

Paŭlino komencis borderi Skandinavion per blua krajono. La plimulto de ni konas la maron nur, kie ĝi randas sur la teron;

ni devas imagi la senrandan bluon. Norvegujo kaj Svedujo: sovaĝa virĉevalo kun ŝaŭma kolhararo el fjordoj. Ĝi eĉ havis bluan okulon, la grandan lagon, Vänern. Strange skuata besta kapo, inter la Atlantika kaj Arkta Oceanoj; hodiaŭ, strange pasia ĉevalkapo sur la papero. Mara stalono, aŭ eble la kapo de iu vasta, praa serpento, kiu sin nodas ĉirkaŭ la terglobo, kies kapo kaj kolo leviĝas el la Arkta Oceano ... Kaj Suomio, la brusto ŝvela ...

Paŭlino zorge rigardis la presitan mapon, por ĝuste loki la ĉefajn urbojn. Ŝiaj lipoj estis sekaj, ŝajnis koroditaj; odoreto de knaba ŝvito restis en ŝiaj naztruoj; ŝi ĝuste lokis Oslon en la virĉevala kapo, dum la ventromuskoloj froste streĉiĝis pro volupto.

«Dum vi ne skribas, kara, eble ni povos interparoli,» diris la patrino.

«E ... jes?»

«Mi ĝojas, ke vi ĉiam venas hejmen akurate.»

Io avertis Paŭlinon, ia intuicio: la tempo por diri la veron al la nekomprenataj Aliaj jam estis forpasinta.

«Estus domaĝe, ne manĝi varmajn pasteĉojn, Panjo. Kion vi metis en ilin ĉi-foje?» — Parolu pri nenio ajn, kio gravas; nun vi jam estas en subtera movado; unu eraro povas perfidi vin.

«Viandon kun terpomoj, kaj iom da bona saŭco. Ili plaĉos al vi. Eble vi manĝos tri.»

«Tre eble.» Jen Stockholm kaj Malmö sur la taŭzita mentono.

«Tamen, mi esperas ke vi ne amas vian hejmon nur manĝoŝranke.»

«Ho, ne.»

Paŭlino perceptis, ke ŝia patrino volas diri ion, estas iel ĝenita; sed ŝi ne volis helpi; ŝi eĉ timis helpi.

«Oni diras, ke kelkaj knabinoj el via klaso jam havas

tielnomitajn knabamikojn.»

«Ĉu?»

«Eble vi ne scias; kun vi tiaj knabinoj ne parolos pri tiaj aferoj; ili scias, ke vi loĝas en bona hejmo kaj ke sekve tiaj stultaĵoj ne interesas vin. Kiam mi estis knabino, kelkaj lernejaninoj, fiaj knabinaĉoj, volis montri al mi bildojn ... vi komprenas, aĉegajn bildojn, ĉar ili volis ŝoki min, kaj ili volis pruvi al mi, ke ili *scias ĉion*; sed mi venis el bona hejmo, kaj tute rifuzis rigardi. Sed vi scias, Paŭlino, ke ne ĉiuj knabinoj havas bonajn hejmojn.»

«Ne.»

«Sinjorino Bruno parolis al mi pri kelkaj inter viaj kamaradinoj ... Ili promenas kun knaboj, eĉ en la lerneja uniformo; ili eĉ tenas la manojn. Kaj ili estas nur same kiel vi ... dekkvarjaraj, eble dekkvinjaraj ... Ĉiuokaze, multe tro junaj por tiaj stultaĵoj.»

«Mi sciis nenion pri ili.» Memorita kiso tiel fulmis sur la nuko, ke Paŭlino devis firme silenti por ne spasme krieti. «Mi ne scias multon pri la kamaradinoj, krom Manjo kaj Silvia; kaj ili ŝatas precipe poŝtmarkojn kaj brodadon.»

La mapo estis preskaŭ preta; ŝi devis fari matematikan taskon; ŝi volis paroli kiel eble plej formale, seke, seninterese; sed la patrino insiste volis paroli kun ŝi.

«Ne, mi esperis, ke vi ne konas tiajn tipojn. Mi nur timis, ke eble ili timigos vin per malbelaj konversacioj. Mi scias, ke vi neniam eĉ deziras aŭdi tiajn konversaciojn.»

Paŭlino memoris pri la demandoj de Ralfo. Certe, tiu konversacio ne estis malbela; ŝi ĝojis respondi vere, pri ĉio, kion li demandis; tio fakte estis iom bela, ĉar ŝi sciis, ke li ne priridos ŝin; li vere volas scii pri knabino.

«Ne.»

«Mi scias, ke vi tute ne deziras promeni kun knaboj; sed pro tiu onidiro, mi sentis, ke mi eble devas paroli kun vi. Vi sendube scias, ke viroj kaj knaboj havas apetitojn, kiujn ni ne sentas. Io besteca troviĝas en ĉiuj viroj, eĉ la plej bonaj. Kompreneble, edzino devas toleri tion, ĉar tia karitato estas leĝo de la kristana kunvivado, sed bedaŭrinde multaj junulinoj ne komprenas pri la aliaj danĝeroj. Kaj, ĉar ankaŭ ili, dum la nuna fia epoko, ne scias multe regi sin ...»

Paŭlino, kun granda sinregivo, sukcesis ludi oscedeton.

«Pardonon!»

«... io povas okazi. Ili tiel similas al bestoj. Sed vi loĝas en bona, rafinita hejmo. Mi ne volas tro ĝeni vin, Paŭlino, parolante pri tiaj aferoj; mi scias, ke vi abomenas ilin, sed mi sentas la devon rekte averti vin. Se io okazas al malprudenta knabino, ŝi povas trafi la plej terurajn, hontindajn malsanojn, aŭ ŝi povas eĉ ricevi infanon.»

Paŭlino silentis kaj rigardis sian mapon. La patrino kvazaŭ elpremis siajn vortojn dolore kaj embarase. La filino deziris, ke ŝi silentu, aŭ almenaŭ lasu la temon. Paŭlino volis sole pripensi siajn sensmemorojn, kiuj tiel beligis la ĉiutagajn objektojn. Sed la buŝo de la patrino tordiĝis pro naŭzo.

«Vi devas kompreni, Paŭlino; la viroj estas bestoj, ĉiuj. Kaj la kontaktoj en la geedza vivo estas treege premaj. Oni tute ne povus toleri ilin, sen spirita amo. Sed kelkaj virinoj estas malpuraj. Vi neniam faros ion malpuran, ĉu, Paŭlino? Vi scias, ke se oni komencas fari ion, la viro volas fari ĉion ... Vi neniam trivialigos vin, ĉu?»

«Ne, Panjo.» Paŭlino lekis siajn lipojn, kiuj estis sekiĝintaj pro la nervostreĉa konversacio; la gesto tremetigis ŝin per ora memoro; la varma buŝo de Ralfo. La knabino jam sciis, ke tio ne estis trivialigo. Ŝi ankaŭ memoris kiel, kiam ŝi forpuŝis la manon de Ralfo, kiu ŝajnis al ŝi dum momento iom tro postulema, li diris: «Pardonon, ĉu tio malplaĉas? Mi ne faros plu.» Sed kial ŝi protestis? Ŝi nun sentis sin kvazaŭ perdita en la obtuza naŭzo de la patrino, en la eŭfemismoj; ŝi sentis bezonon de reala scio. La patrino parolis pri abomenaj malpuraĵoj, dum la haŭto parolis per fulmo kaj parfumo. Estos absolute maleble, iam ajn plu peti konsilon de la patrino. Ŝi ne komprenos la miraklon de tiuj karesoj, la novan ruĝon de la marmelado, la belecon de mapo.

Paŭlino fakte tre deziris peti konsilon de iu. Ŝi volis dividi sian ĝojon, sian senton de nova vivo, de subita eksignifo; sed ŝi ankaŭ volis ricevi regulojn pri la nova ludo, kiun ŝi ne plene komprenis. Tamen, la Aliaj montris sian aliecon; ili ne povos helpi; ŝi devos trovi sola la propran vojon.

La patrino vidis la eksuferon en ŝiaj okuloj.

«Do, Paŭlino, mi ne volas mueli tiujn aĉaĵojn, sed mi deziras, ke vi certe sciu ĉion, kion knabino devas scii.»

Paŭlino faris la aliajn hejmtaskojn, vespermanĝis, helpis la patrinon lavi la vazojn, trikis iomete dum ŝi aŭskultis radioprogramon. Plurfoje la ventraj nervoj telegramis, la kisitaj lipoj denove bruletis.

«Bonan nokton, Paĉjo; bonan nokton, Panjo.» Du malvarmaj, obeoplenaj kisoj. Paŭlino iris al la dormoĉambreto, senvestiĝis, lavis sin, surmetis noktoĉemizon, brosis la hararon centfoje, laŭ la rutino de pluraj jaroj. Iel Ralfo ĉeestis, tre bela kaj nobla sub siaj aknoj. Ŝi pensis pri revido, retuŝo ... Sed nun ŝi devos zorge sekreti; ĉar la Aliaj malamas tiun paradizon.

Paŭlino malfermis la kurtenojn kaj malfunkciigis la lampon. Lunlumo inundis la ĉambron: froste arĝenta, metalece pika lunlumo, kies klingaj radioj preskaŭ dolorigis ŝin.

Stranga deziro naskiĝis en la junulino. Ŝi zorge riglis la

pordon. Ŝi staris ĉe la fenestro, kun la mentono sur la dekstra pugno, kaj longe rigardis la lunon. Jes, ŝi dancos por Ralfo, por Ralfo kun la sankta, rivela, lumo en la okuloj, juna Ralfo, kiu tiom deziras kompreni pri knabinoj. Ĉar Ralfo estis ankoraŭ kun Paŭlino; ŝi flaris lin en sia hararo, sentis lian manon sur la mamoj, liajn piedojn sur la piedoj, lian vangon varman kaj malglatetan sur la vango; li vive ĉeestis.

«Ralfo, Ralfo ...» ŝi flustris al la luno.

Paŭlino zorge demetis la noktoĉemizon kaj staris nuda en la lunlumo. Ŝi levis la brakojn super la kapo, montris al la luno la ŝvelajn mamojn, la vulkankratereton de la umbiliko, la femurojn; ŝi ekdancis. Ŝi zumetis folkloran melodion. Ŝi dancis laŭ tre malrapida ritmo, malstreĉe, lukse banata de la mirinda lumo, kiu ŝajnis repurigi ŝian karnon post la malpuriga patrina leciono. Vidante sian moviĝantan korpon en la malhela spegulo, ŝi komprenis, ke nuda virino estas bela, ne bezonas honti. En la spegulo, pro la malforteco de la lumo, ŝi aspektis kvazaŭ mitologia figuro el alia mondo. Sed ŝi ne admiris sin, ĉar Ralfo restis kun ŝi. Ŝi dancis en la volupta malvarmeto de la nokto: la lunradioj tuŝis la tutan korpon; ŝi cedis al ili kiel naĝanto al la maro, akceptante novan atmosferon. Ŝi aŭdis muzikon ne aŭdeblan al la matura paro en la najbara ĉambro, muzikon, kiun ili aŭ forgesis, aŭ neniam aŭdis; kaj ŝi dancis laŭ la ritmo de tiu pramuziko.

Finfine ŝi reprenis la noktoveston kaj enlitiĝis. La kapkuseno iĝis la vango de Ralfo; la streĉita litkovrilo, liaj brakoj. Vasta taŭzita stalono levis la kapon inter la Atlantika kaj Arkta Oceanoj; ĝi blekis; la lunlumo iĝis oceanaj ondoj, la ondoj iĝis bananta lumo.

Paŭlino ekdormis.

10. KAJ KREDU, SE VI VOLAS

(Por mia amiko Horace Barks, kiu iam montris al mi la trinkejon, kie tio ĉi okazis)

STEFANO STREKO, kasisto de la loka Esperanto-Grupo, estis homo, kiu vivis modere kaj modeste; sed vendrede vespere li tamen iris al trinkejo, ne nur por sensoifigi sin, sed ĉar li sentis la bezonon de iu materia konsoleto. Tie li sidadis, kun glaso da biero, kaj melankolie meditadis. Li estis sola en la varma ĉambro, same sola, kiel la lasta krono en la grupa kaso.

Verdaĵoj ne kreskas sen akvo kaj humo, kaj esperantaĵoj malfacile kreskas sen mono. Inter la grupanoj ne troviĝis eĉ unu riĉulo. Ili jam provis multajn honestajn rimedojn por enspezi, kaj pri malhonestaj rimedoj neniu havis fakan kompetentecon. Dume, kaj urĝe, ili bezonis afiŝojn, flugfoliojn, novan flagon, gazetanoncojn, librojn por la grupa biblioteko kaj eĉ bretaron por anstataŭigi la fruktokestojn, kiuj ne tre digne loĝigis ĝin.

Alia homo envenis, kun hundo, kiu aspektis tre inteligenta, sed kies speco ŝajnis esti strathazardseria. Li mendis bieron kaj eksidis apud Stefano. Levinte la okulojn por saluti, li rimarkis la verdstelan insignon.

«Vi estas do esperantisto, ĉu?»

La vivo ŝajnis iom malpli griza.

«Jes,» diris Stefano, «kaj mi ĝojas renkonti samideanon. Ĉu vi estas vizitanto al nia urbo? Ni havas viglan grupon.» Li ne sentis ian devon aldoni: «sed malriĉan».

«Fakte mi forlasos la urbon morgaŭ kaj vojaĝos al Usono,» respondis la sinjoro. «Ĉu vi konas iun, kiu deziras aĉeti hundon? Mi akceptus malgrandan prezon, kondiĉe ke la besto iru al bona hejmo. Mi ne povas kunporti ĝin, kaj mortigi ĝin estus al mi netolereble.»

«Mi ŝatas hundojn,» diris Stefano, «sed la vivo estas por mi jam iom tro komplika. Ĉu fakte vi esperas, ke iu pagos vin? La hundo aspektas ĉarma kaj simpatia, sed nepre ne estas rashundo.»

«Ne,» respondis la alia, «sed ĝi estas io pli interesa; ĝi estas mutacia hundo.»

«Muta? Mi preferus hundon, kiu kapablas boji.»

«Ne muta, sed mutacia. Mi aĉetis ĝin de atomfizikisto. La aliaj en la hundidaro estis monstroj, sed tiu ĉi hundo estis alimaniere stranga.»

«Mi petas vin,» diris la hundo, «ne memorigu min pri la tragedio de miaj kompatindaj gefratoj.»

Stefano preskaŭ forfalis de sia seĝo. Poste li timeme rigardis sian glason; sed li eltrinkis eĉ ne unu glason da malforta biero. Post longa paŭzo, li finfine ekkonsciis, ke lia buŝo restis malfermita, kaj fermis ĝin.

«Jes; mia hundo kapablas paroli Esperanton! Ĉu vi deziras provi?»

Stefano malsekigis sian buŝon, poste demandis:

«Sinjoro hundo, ĉu vi ankaŭ legas Esperanton?»

«Ne,» diris la hundo, «ĉar miaj okuloj ne taŭgas.»

«Ĉu vi kapablus prelegi al iu grupo?»

«Jes, se mi havus taŭgan temon. Sed mi scias nenion pri sciencoj, kaj mi neniam vojaĝis ekster tiu ĉi lando.»

«Antono povas ankaŭ kanti,» diris la nekonatulo.

«Sinjoro hundo, e ... Antono ... ĉu vi konsentos kanti por mi?»

La hundo kantis, ne tre virtuoze, sed tute rekoneble, unu strofon de La Vojo, unu strofon de Ĉiu, Ĉiu, Ĉiu, kaj unu strofon de Feliĉa Vagemul'.

«Mi multe dankas vin,» diris Stefano.

«Estas plezuro al mi,» respondis la hundo afable. «Sed ĉefe plaĉas al mi deklami poemojn. Ĉu vi deziras aŭdi min?»

«Mi petas vin.»

La hundo deklamis interesan specimenaron el la verkoj de Kalocsay, Baghy, Auld, Thorsen, Baldur Ragnarsson kaj Eli Urbanová.

«Ĝia repertuaro ne estas tre granda,» la nekonatulo diris, «ĉar mi devas mem laŭtlegi ĉion al ĝi.»

«Sed estas miraklo! Ĉu vi iam pripensis la eblecon, ke via hundo kandidatiĝu por la Internacia Ekzameno?»

«Ne estus eble, ĉar ĝi ne kapablas skribi.»

«Ĉu mi deklamu plu?» demandis la hundo.

«Ne nun, Antono, ĉar ni devas konversacii pri aliaj aferoj. — Antono vere ege ĝuas deklamadon.»

La kapo de Stefano iom turniĝis; sed antaŭ li ŝvebis bela vizio, vizio altruisma, edifa, esperiga; li antaŭvidis vastajn monsumojn por la grupa kaso, por la landa organizo, eble ankaŭ por ĉiuj fakoj de UEA. Aĉeti tiun unikan hundon per propra mono kaj laborigi ĝin en la servo de Esperanto! Li facile repagus sin; temus nur pri investo; sed poste venus rivero da riĉeco.

«Kian prezon vi postulus por Antono?» li demandis.

«Mi devas foriri morgaŭ frumatene; kaj vi estas esperantisto; do, mi proponas al vi tre moderan prezon; ducent kronojn.»

Stefano devis konsenti, ke tio estas ja modera prezo por tia hundo; sed, pro sia memestimo, li diris: «Nu ... cent okdek kronojn.»

«Cent naŭdek — vere Antono tiom valoras.»

Ili facile interkonsentis; kaj Stefano, iom trema ĉe la genuoj kaj sentante sian kapon krevopreta, kondukis Antonon hejmen.

«Mi esperas, ke vi povas manĝi fiŝaĵon,» li diris, «ĉar viandon mi povos aĉeti nur morgaŭ.»

«Tute ne ĝenu vin,» la hundo respondis, «la fiŝaĵo odoras sufiĉe freŝa. Sed bonvolu doni al mi pelvon da akvo.»

Stefano tre volonte faris tiun bagatelan servon, kaj aranĝis por la hundo provizoran liton el du malnovaj litkovriloj en lignokesto. Kiam Antono ŝajnis kontenta, Stefano iris al sia propra lito, sed dum du-tri horoj ne povis dormi. Li revis pri grandiozaj propagandaj kampanjoj, pri televidaj kursoj pri Esperanto, pri subvenciitaj mondvojaĝoj, pri amaso da eldonaĵoj, pri belega infangazeto Esperanta ...

Sabate vespere, li kondukis Antonon al alia drinkejo, kie multaj homoj amuzis sin post la semajna laboro, kaj estis en tia humoro, ke ili facile elspezos monon. Li sukcesis sin meti en la konversacion, kaj lerte elektis sian momenton por diri ion pri Esperanto. Oni montris ian ne intensan intereson, formale aprobis la utilan lingvon kaj volis reiri al sportaj temoj. Tiam Stefano diris:

«Mia hundo kapablas paroli Esperanton.»

Ĥore oni respondis per diversspecaj neoj. «Fromaĝo!» «Sensencaĵo!» «Blago!» «Nepre!» «Mi ne naskiĝis hieraŭ!» «Mi ne plu suĉas laktobotelon!» «Kuiru ĝin!» «Ĉu do lingvo por hundoj?» «Ne moku nin!»

Serene Stefano respondis: «Mi vetos dek kronojn, ke mia

hundo kapablas paroli Esperanton.»

«Kaj mi vetos dek kronojn, ke ĝi ne kapablas.» «Kaj mi.» «Kaj mi.» «Ankaŭ mi.» «Ne prenu lian monon; li estas freneza.»

Stefano demetis kvardek kronojn kaj ordonis al Antono: «Nu, parolu, Antono!»

Antono silentis.

Daŭre silentadis.

Kiel honesta homo, Stefano, preskaŭ ploropreta, adiaŭis siajn kvardek kronojn. Iu ŝercemulo proponis al Antono bieron en ia pelveto. Antono trinkis. Nu, Stefano pensis, eble tio forigos ĝian hezitemon.

«Mi ne scias, kio okazis pri la parolado, sed vere ĝi povas paroli, kaj ĝi ankaŭ povas kanti.»

«Mi vetos dek kronojn, ke via hundo ne povas kanti.»

Stefano hezitis, sed akceptis tiun veton, kaj kelkajn aliajn.

«Nu, Antono,» li petegis, «ne ridindigu min. Kantu! Ion ajn, sed kantu! Almenaŭ la melodion, se vi ne memoros la vortojn!»

La hundo silentis.

Ĝi daŭre silentadis, kaj Stefano adiaŭis kelkajn pluajn krondekojn.

Li volis tuj hejmeniri, sed eniris lian menson la memoro, ke Antono preferis deklami, kaj ke, la antaŭan vesperon, eĉ estis malfacile ĝin haltigi.

«Tamen mia hundo povas deklami poemojn!» li heroe insistis, deprenante kelkajn aliajn bankbiletojn. Kompreneble pluraj homoj volis veti pri la aserto.

«Nu, Antono, kara hundo, vi tre ĝuas deklamadon ... mi petas ... mi petegas ...»

Silento; daŭra silento; nova monperdo.

Ridegoj sekvis ilin, kiam Stefano ekkondukis la hundon

hejmen.

«Venu en la banĉambron!» li ordonis. Nigra furiozo kun skarlataj strioj plenigis lian tutan animon. Li serĉis en la blanka ŝranketo, elprenis malnovan grandan razilon kaj komencis akrigi ĝin sur leda akrigrimeno. Tiam Antono ekparolis.

«Kial vi deziras razi vin tiel malfrue vespere?»

«Mi ne razos min. Mi tranĉos al vi la gorĝon. Kial vi perfidis min, hundaĉo, vosthava kanajlo? Kial vi perdigis al mi duonon de mia semajna salajro? Jen, vi ne perfidos min duan fojon; mi ellasos en la bankuvon vian vinagran sangaĉon!»

La hundo tuj baŭmis kaj metis la antaŭajn piedojn sur la ŝultrojn de Stefano. Senaplombigita, li faligis la razilon.

«Aŭskultu, stultulo,» la hundo klarigis. «Vi devos baldaŭ iri denove al la sama trinkejo, kie vi kredeble trovos, plejparte, la samajn homojn. Kaj tiam ... ili estos pretaj veti cent kronojn kontraŭ dek!»

*L*A TRANSEŬROPA rapidvagonaro estis plena, varmega kaj malkomforta. En la angulo de triaklasa kupeo anglino, turistino kun frazlibroj kaj valizo kovrita per diversaj glumarkoj, penis eviti la malpuran kontakton de viro, kiu sidis apud ŝi. La belaĵoj, la korŝiraj kontrastoj, la pitoreska folkloro kaj la gastameco de tiu orienteŭropa lando, el kiu ŝi nun vojaĝis hejmen, havis la potencon preskaŭ obsedi ŝin; tamen, la vojaĝo mem estis teda. Ŝi pensis, en malbona humoro, pri venontaj kapdoloroj, kramfetoj en la gamboj, pri la ĉifado de sia bonkvalita palto — kaj, pro la haladzo de la piedoj de siaj vojaĝkunuloj, ŝi komencis havi eĉ pli malagrablajn antaŭpensojn —, pri bakterioj, pri haŭtmalsanoj, pri nemenciindaj dombestetoj ...

Ok personoj sidis en la kupeo. Apud la burĝa anglino sidis viro en nigra kostumo kun duonpiramida lana ĉapelo; flanke de li sidis lia edzino, ankaŭ nigre vestita, tre malpura, kaj silenta; kaj ilia filino, eble tridekjara, sidis ĉe la fenestro. La juna virino ŝajne gardis iom da memestimo inter malriĉo kaj malpuro; ŝiaj longaj rufaj haroj estis zorge plektitaj kaj ŝi portis eĉ modere puran bluzon.

Sur la kontraŭa benko sidis: juna serbo kun vizaĝo de nizo, sed bonhumora kaj parolema; kaj alia malriĉa, malpura familio: maljuna virino nigre vestita, juna viro, ŝajne ŝia filo, kaj eble naŭjara knabeto, ŝajne nepo. La ses malriĉuloj sufiĉe gaje. Ili matenmanĝis per kolbasoj, cepoj kaj panbulkoj, kaj superforta odoro de ajlo preskaŭ kaŝis la odoron de nelaviteco kaj ŝvito. La anglino ne sentis apetiton, sed maĉis glukozpilolojn. Por sin konsoli ŝi pensis, ke certe la malriĉuloj ne iros trans la landlimon; ili probable estas kamparanoj, kiuj vojaĝas al alia vilaĝo.

La juna serbo tre deziris paroli kun la anglino, ĉar li ne ofte havis la okazon renkonti fremdulojn, kaj precipe fremdulinojn; ili ambaŭ iom scipovis la germanan lingvon kaj sukcesis interparoli per tre hezitema, fuŝa, misgramatika germana, helpante al si per gestoj kaj onomatopeoj. La viro, kiu sidis apud la anglino, scipovis bone la germanan lingvon kaj plurfoje helpis per klarigoj, ĉiam laŭ la stilo de bone edukita, ĝentila homo; kaj la anglino miris iom kompateme pri lia nuna mizera stato. Malpuraj homoj ne ĉiam amas sian malpurecon.

La juna serbo sukcesis rakonti dramoplenan historion pri vojaĝo tra Germanujo dum la milito, kiam la nazioj ĉasis lin kaj li ne havis dokumentojn. *Kopf-verloren*[1] kaj *ohne Papiere*[2] ofte reeĥis en lia rakonto. La anglino reciprokis per kelkaj malpli sensaciaj travivaĵoj de siaj multaj turistaj vojaĝoj. Ili komencis interŝanĝi naciajn proverbojn kaj popolkantojn. En rompita, misgramatika, groteska germana dialektaĉo ili diris, antaŭ la foriro de la juna serbo al vilaĝo:

«Ĝis ... revido ... mi ĝojis ekkoni vin ... vidu, ke mi estas serbo kaj vi estas anglino ... kaj ni nur volas ... esti ... amikecaj ...»

«Jes ... spite de lingvoj kaj nacioj ... ĉiuj homoj estas ... fratoj ...»

La aliaj ŝajnis aprobi.

Post la foriro de la parolema serbo la anglino lernis kelkajn

---

1 Kapo-perdita.
2 Sen dokumentoj.

detalojn, per malbona germana kaj la montro de dokumentoj, pri la celoj de la aliaj homoj. Ili estis du familioj sen nacieco; ĉiu familio posedis ne tri pasportojn, sed unu dokumenton kiel identigilon, unu paperaĵon kun tri fotoj kaj pluraj purpuraj registaraj stampoj. Ambaŭ familioj volis iri al aliaj pli feliĉaj familianoj, kiuj havis bienojn en Aŭstrujo. Kredeble pro tiu kaŭzo, daŭris la stranga gajeco, la preskaŭ festotaga bonhumoro de ambaŭ malriĉaj familioj. En malnovaj valizoj kaj en sakoj ili havis ĉiujn siajn posedaĵojn. Ĉiuj posedaĵoj de ses personoj povis kuŝi sur du mallarĝaj valizbretoj.

La anglino, kvankam iomete snoba, elektema, kaj eble tro higienema, ne havis fundamente malmolan koron. Ŝi sincere kompatis la mizeron de la ses homoj sen nacieco; sed varmo mankis en la kompato; ŝi ne ĝuis ilian proksimecon. Malriĉa mem en la senco, ke ŝi devis longe ŝpari monon por vojaĝi, ŝi tamen revenas al komforta hejmo — kaj ne deziras reveni kun pedikoj, kiuj en Anglujo estas tiel maloftaj, ke ili ŝokas ne nur higienemon sed preskaŭ eĉ la moralan senton.

Sed oni alproksimiĝis al Aŭstrujo; baldaŭ la kompatindaj sed malagrablaj najbaroj foriros ...

Oni vere proksimiĝis al la landlimo; kaj la landlimoficistoj, doganistoj kaj policistoj komencis tramarŝi la koridorojn por kontroli ĉion. La anglino montris nigran, normalan, libroforman, imponan britan pasporton; ĝi estis amuleto, ĉar tuj pasportkontrolisto stampis ĝin kaj redonis kun ĝentila «*Thank you!*»[3] por montri sian klerecon; la doganisto apenaŭ eĉ demandis pri ŝia kofro kaj la policisto nur ridetis ĝentile.

La anglino sentis eĉ specon de honto antaŭ la aliaj, kiam la doganisto ordonis la malriĉulojn malfermi ĉiujn valizojn, kaj

---

3 «Dankon!» (angle)

palpis inter iliaj malmultaj intimaj havaĵoj. Ŝi tre ŝatis la privilegion esti bonvena vojaĝanto, sed ne kun plezuro vidis la humiligon de la aliaj. Malpuraj vestaĵoj ... malnovaj fotoj ... bulkoj, kolbasetoj ... ili remetis la pezajn valizojn sur la breton kun preskaŭ brutigita pacienco.

La pasportkontrolisto, tiel bone edukita kaj sinjoreca, longe staris en la koridoro kun la du dokumentoj de la senpatrujaj familioj. Finfine li redonis, sen dankvorto, unu dokumenton al la viro en la lana ĉapelo, kaj venis al la alia familio por klarigi.

Ili havis ĉion en ordo, escepte de la aŭstra enirvizo. Kaj sen la aŭstra enirvizo ili absolute ne povos iri trans la landlimon. La kontrolisto havis malfacilan taskon klarigi, ĉar la senviza familio estis ankaŭ analfabeta kaj ne povis kompreni siajn proprajn dokumentojn. La alia viro penis helpi ilin. Neniu estis malafabla; sed la avino en la nigraj vestaĵoj tuj komencis plori pro timo, konfuzo kaj senhelpa nekompreno. La kontrolisto ŝajne ne estis kruela homo; li parolis eĉ iom simpatie kaj amikece al la plorantino; kaj la anglino komprenis, ke li penas konsoli ŝin per kelkaj vortoj pri la facilo de la afero.

«Nu, ne ploru; vi nur devos reiri al la ĉefurbo, kaj vi povos tuj iri al la aŭstra konsulejo;» li eĉ donis la adreson. «Kaj ili tuj donos al vi vizon, ĉar viaj aliaj dokumentoj estas en ordo; kaj eĉ morgaŭ vi povos trafi la saman trajnon kaj alveni en Aŭstrujon nur unu tagon malfrue ...»

Jen simpla afero; nu, ĝeno, jes, sed mallonga ĝeno ...

«Sed mia frato atendas nin!»

«Jes, jes, mi komprenas, sed vidu do, vi povos telefoni al via frato sur la stacidomo kaj diri, ke li atendu vin post unu tago. Facile. Nur afero de reiro kaj reveno ...»

Kaj pro tiu ĉi racia kaj helpema klarigo, la avino sin ĵetis sur la plankon de la kupeo en frenezo de ulula duonbesteca ploro.

Tiaj montroj de emocioj estas ĝenaj por nordlandanoj; kaj tre malmultaj angloj spertis tiajn kaŭzojn por emocio; la anglino volis ne rigardi; sed ŝi estis ankaŭ homa, kaj demandis la lanĉapelulon pri la detaloj de la afero.

«*Sie haben kein Geld,*» li respondis lakone sed kompateme.

Jen alia simpla afero; ili ne havas monon, kaj tial ne povas reiri, kaj ili ne havas enirvizon, kaj tial ne povos pluen iri en Aŭstrujon.

Tiel simpla afero ...!

Esti pendigitaj, inter la tero kaj la ĉielo, kaj poreterne aparteni ... al nenie en la mondo.

«Kion ni faru?» plorkriegis la nigra avino. «Kion ni povos fari?»

Kaj neniu respondis. La alia familio sidis, en la trankvilo ne de senkoreco, sed de homoj, kiuj jam tro suferis kaj estas iom ŝtonigitaj.

Tri homoj bestiĝis subite pro senespero. Eble la knabeto ploris nur ĉar avinjo kaj paĉjo ploris; sed li ploris inunde. La nigra avino kuntiriĝis kaj kriegis, hurlis, ululis en besteca frenezo de angoro. Ŝi ne plu kapablis vorti; ŝi nur bruis. La viro sin ĵetis en angulon kaj plorsingultis kvazaŭ kolera bebo. La teruraj, hontigaj, densaj larmoj de la viro riveris sale sur liaj ne bone razitaj vangoj. Nur senvortaj bruoj. Hundoj pereas.

Kion fari? La anglino esploris sian monujon. Ŝi havis sterlingojn — kiujn ili ne rajtas posedi. Kiom da fremda valuto? Nu, iomete. En malbona turista germana ŝi alparolis la alian viron:

«Sinjoro ... mi donacos al ili tion ĉi, ĉu? Ne sufiĉas, sed tamen io pli helpos ol nenio. Mi ... ne bezonas ...»

Mizera monsumo ... tamen ...

Ŝi proponis ĝin al la avino.

Sed la ululanta, kuntiriĝinta kaj duonfreneza maljunulino estis ekster normala komuniko; vortoj ne plu signifis. Ŝi eĉ ne vidis la bankbiletojn, kiujn nekonatulino proponis kun kelkaj banalaj ĝentilaj vortoj. Ŝi plu ne havis oficialan ekziston; kaj en la skuiĝanta, ritme brua trajno ŝi forlasis sian homecon.

Finfine la malvarmo de angla burĝino degelis; ĉe tia angoro nenio alia gravas.

La anglino genuis sur la planko de la kupeo kaj restis, ĉirkaŭbrakante la malpuran, odoraĉan, plorantan avinon, karesante ŝian neglektitan kapon, petegante, ke ŝi trankviliĝu, en la mizera, terura, ironia egaleco de la primitivaj homaj bezonoj.

«Rigardu ... iomete da mono ... eble aliaj donacos pli ...» Kaj la turistino premis la biletojn en la manon de la maljunulino, premfaldis la tremantajn fingrojn sur ilin, ŝi mem trempis la nigran palton per brogaj larmoj ... kvazaŭ filino volus konsoli patrinon. Kaj jen ĉiuj patrinoj en la mondo, jen ĉiuj homaj familioj, jen la praaj bezonoj kaj la homa praangoro, sur la malpura planko de kupeo.

Sed vane. La avino ne plu komprenis homajn vortojn.

Finfine la ploranta filo retrovis sparketon da prudento kaj prenis la monon, kalkulis, metis en monujon.

Subite, silente, kun ŝtona vizaĝo, la alia viro elprenis sian monujon, kalkulis ĉion, kion li havis en taŭga valuto kaj donacis la mizeran sumon al la ploranto. Ĉion, kion li, mizera senpatrujulo, havis, kun gesto de princo. Kaj la filino kun la plektita hararo komencis viziti aliajn kupeojn por peti monon; jen kelkaj malgrandaj biletoj, donacitaj al nekonatuloj pro homa kompato; jen io, ne sufiĉe, sed tamen io, la komenco eble de espero. La ploranta viro rigardis sian solan bonkvalitan havaĵon, siajn ŝuojn.

Eble li vendos ilin ...

La vagonaro haltis.

La landlimo.

La fino de la vojaĝo. La kupeo restis senmova; nur burĝino kaj senhava nigra avino ploregis kune en ĉirkaŭbrako; la favoratino de burokratoj, la virino sen oficiala ekzisto.

Gardistoj venis. Ili ne estis kruelaj aŭ eĉ malĝentilaj. Ili nur klarigis, ke la sennacia familio devas eliri. La familio ululis senvorte, blindaj pro larmoj, malfortaj pro la laceco de la senespero; tamen ili obeis. Ili prenis malsupren la valizojn kun sia tuta havaĵo; ili agis kvazaŭ maŝinoj, sen pensi, sen dum momento interrompi tiujn hundecajn ululojn; kaj finfine ili ĉesigis la videblan embarason de la gardistoj, ĉar ili forlasis la trajnon.

Sur la kajo oni vendis bieron, fruktojn, gazetojn; ĝentilaj poliglotaj landlimistoj de diversaj specoj tramarŝis kajojn kaj koridorojn. Sur la kajo la praa homa familio daŭre ululis. Viro, Virino kaj Infano. Simpleco de senespero. Jen la rekta parolado de la Homo al la Registaroj, sen ajna lingva kompliko aŭ ĝentila formulo: kaj sen permeso oficiala; jen la plej primitiva lingvo, la komuna lingvo de akumuliĝinta, ne plu tolerebla sufero.

Aŭstra enirvizo estas malgranda; oni bezonas eble 25 kvadratajn centimetrojn da papero. Bankbiletoj ankaŭ estas malgrandaj, malpezaj.

La kupeo denove skuiĝis.

Aŭstrujo. Belegaj pejzaĝoj por turistoj, kaj pli da spaco en la kupeo ...

La anglino estis en la lavejo. Ŝi tute ne kondutis laŭ la etiketo de bone edukita burĝino. Ŝi apogis sin sur la muron de la lavejo, kaj, spite al la naŭza odoraĉo de ajlo kaj ŝvito, kiu nun restis sur ŝi, ŝi ploris, ploradis, spasme ploris senhelpe pri la homa sorto.

«Estus bone fari ion pri doktorino Lojtja», diris Helena, en la kafejeto Mokka, inter du prelegoj.

«Konsentite,» respondis la dika Janina, rapide englutinte pecon da kremkuketo, «sed kion ni povus fari?»

«Ni p-p-povus almenaŭ aĉeti por ŝi k-k-kelkajn florojn,» Citra sugestis. «Stipendio ne p-permesas orkideojn, sed ĝi permesus k-k-k-kelkajn d-d-diantojn. Dum mia tuta vivo, neniu tiel helpis min, kiel ŝi.»

La tuta vivo de la nervoza sed tre inteligenta Citra ne estis longa: ĉiuj tri studadis, ĉe la universitato, filozofion kaj psikologion sub la ĉefgvidado de doktorino Marina Lojtja. Ŝi estis, ĝis tia grado, ke eĉ studentinoj iom perceptis la malkongruon, unu el tiuj martiretoj de la kleriga profesio, kiujn lernantoj adoras sed superuloj kaj kolegoj ofte malŝatas kaj malfavoras; ŝi ne tre kultis la oficialajn virtojn, inter kiuj oni ofte atendas ian esencan malsimpation al junaj koroj, ian kutimon de malaprobado, ian spionademon; eble, parte pro tio, ŝi ne promociiĝis rapide, kvankam ŝia intelekto estis elstara kaj ŝi bonege prelegis kaj instruis. Tiuj, kiuj amis ŝin, ofte suspektis, ke iasence ŝi prelegis tro bone: ŝi faris ĉion eblan, por fari la malfacilajn temojn interesaj kaj rilataj al la travivaĵoj de gestudentoj. En studgvidado ŝi montris sin varmkora, malema al ĉikanado, kaj tre indulgema pri personaj faroj, emoj kaj ecoj, kvankam tre rigoraj estis ŝiaj kriterioj pri serioza laboro kaj sincera serĉado de la vero aŭ almenaŭ de la faktoj. Ŝi firme insistis al Helena, ke la pasiva kopiado el studataj tekstoj ne estas universitata lernado; sed kiam Helena subite perdis la patron per stratakcidento, estis doktorino Lojtja, kiu preskaŭ patrinece flegadis la portempe frakasitan junan koron. Aliaj levis brovojn malestime, ĉar Janina uzis iom drastajn lastmodajn hararanĝojn; doktorino Lojtja sciiĝis, ke al ŝi gravas nur la interna meblado de la juna kranio. Citra, kiel ĉiuj nervozaj homoj, precipe tiuj, kiuj balbutas, ricevis dum la vivo multajn nemerititajn riproĉojn kaj humiliĝojn; sed doktorino Lojtja, kiom ajn ŝi insistis, ke Citra plenuzu la kapablojn kaj neniam faru ekskuzojn al si mem, ankaŭ insistis, ke Citra havas kapablojn, valoras, kaj neniel estas ridinda.

Tiutempe doktorino Lojtja travivis malagrablan sezonon. En septembro ŝi havis severan gripon je la komenco de la trimestro, kaj pro tio devis poste, dum pluraj semajnoj, preme trolabori; frue en oktobro ŝi elartikigis maleolon per falo, kaj lamadis inter loĝejo, instruĉambro kaj prelegejo ĉiam stoike, sed kun multa doloro kaj ĝeno; meze de oktobro, kelkaj junuloj, netaŭge ŝercemaj, erare kredis, ke malpopulara profesoro prelegos en tiu ĉambro, kie prelegos doktorino Lojtja, kaj liberigis tie plurajn laboratoriajn ratojn. Doktorino Lojtja, ankoraŭ lama kaj malbonfarta, ne timis ratojn, kiujn ŝi iam uzis en psikologiaj eksperimentoj, sed tre vundis ŝin la penso, ke oni intence sabotus ŝian prelegon, kaj neniu povis elpensi metodojn por klarigi al ŝi, sen nova vundo al ŝiaj delikataj sentoj, ke oni celis ŝian kolegon. Ŝi serĉis pli bonan postenon, iris al intervjuo, malsukcesis; kaj kolegino, eble malicete, eble nur facilanime, tiel parolis pri la malsukceso, ke la scio atingis la gestudentaron. Kaj pri konflikto en la stabo de la kolegio la studentoj sciis, kvankam ne detale; ili sciis, ke doktorino Lojtja suferas, kaj suspektis, ke malico kaj ĵaluzo kontribuis al ŝiaj suferoj.

«Mi oferus la kukojn ĉe mia kafopaŭzo ĉiun tagon por fari ian komplezon al ŝi,» diris Janina; kaj por ŝi tio vere signifis oferon.

«Ĉu ne estus plej bone, sendi anonime?» Helena demandis.

«La grava afero estas montri ian solidarecon,» Citra aldonis.

«Kion vi tri damoj diskutas tiel flustre?» interrompis la voĉo de Alekso, amiko, kiu preparis sin por la diplomo pri antropologio. «Rikardeto, portu vian kafon tien ĉi — tri mielaj belulinoj atendas.»

«Fakte ni volas fari ian komplezon al nia studgvidantino, doktorino Lojtja.»

«Ŝin vi kredeble ne koruptos; estos pli profite al vi sciŝtopiĝi.»

«Ne temas pri korupto, kretena aĉumaĵulo,» diris Helena, kun la kutima amika malĝentileco de gestudentoj en sia propra medio. «Ŝi havis malbonan trimestron, malsanon, akcidenton, tiun rat-aferon; ni multon ŝuldas al ŝi kaj volas fari amikan geston.»

«Kial ne inviti ŝin al bona ŝveligo?» Rikardo, kiu studadis fizikon, proponis. Li celis ne torturon, sed luksan manĝon.

«Ŝi p-p-perdis la apetiton,» Citra tuj kontraŭis. «Ŝi estas deprimita kaj laca, kaj malmulte manĝas. Ni scias, ke ŝi havas malamikinojn, kaj ili certe suferigas ŝin diversmaniere.»

«Kelkaj ne pardonas al ŝi, ke ŝi estas aminda!» Janina pliklarigis.

Alekso proponis ŝerce: «Vi devus envulti ŝiajn malamikinojn!»

«Ni devus k-k-kiel umi ŝiajn malamikinojn?»

«Envulti. Mi studis la metodojn de sorĉistoj en diversaj landoj: primitivaj sorĉistoj ekzemple en Suda Ameriko, en Afriko, en Tibeto, kaj dekadencaj sorĉistoj aŭ superstiĉaj kamparanoj en pli evoluintaj regionoj. Eŭropaj sorĉistoj ofte uzis envultadon.»

«Ni scias, ke vi, Ilekso ...»

«... kaj ne nomu min Ilekso, umulino ...»

«... ke vi multe legis terurajn librojn,» Helena daŭrigis, «sed ni ankoraŭ ne scias, kio estas unvulturado.»

«Se vi ne deziras tiun biskviton, estas domaĝe perdi ĝin,» Janina momente interrompis.

«Envultado estas sorĉmetodo. Oni faras vaksan pupon, kiu similas al la malamiko, kaj diras super ĝi diversajn sorĉvortojn kaj aĉajn malpreĝojn; poste oni mistraktas ĝin; kaj — teorie — ĉio, kion oni faris al la pupo, okazigas similan lezon ĉe la malamiko. Vi pikas la kruron de la pupo per trikilo, ekzemple; la malamiko ricevas terurajn sed nediagnozeblajn dolorojn en la kruro. Vi elpikas la okulojn, kaj la malamiko blindiĝas. Kaj vi povas trapiki la koron de la pupo, aŭ meti ĝin antaŭ la fajro ĝis fandiĝo de la vakso — kaj la malamiko mortos, subite aŭ malrapide.»

«Mi volonte envultus docentinon Strop, se tio helpus,» diris Helena; «ŝi videbligas ĉie, ke ŝi malestimas doktorinon Lojtjan, kaj ŝi ankaŭ tre spionadas la studentinojn. Mi povus elpensi diversajn belajn amuzojn kun tiu pupo! Tamen, malsanigi la malamikinojn tute ne konsolos doktorinon Lojtjan. Ŝi estas grandanima, neniam malica.»

«Ŝi ne nur ne ĝuas la malĝojon de aliaj,» Janina pliklarigis, «sed vere, ŝi estas homo, kiu ĝuas la feliĉon de aliaj!»

«Kaj, ĉiuokaze, tio estas nur superstiĉo!» Rikardo avertis ilin.

«Sed superstiĉo, kiu malsanigis kaj mortigis plurajn!»

«Neeble!»

«Jes. Se sovaĝulo kredas, ke la triba sorĉisto povas per sorĉo mortigi lin, kaj poste sciiĝas, ke la sorĉisto sorĉis por mortigi lin, li preskaŭ certe mortos.»

«Ni scias pri sugestio,» Helena konfirmis.

«Ĝuste tiel. Simile, envultado povus per sugestio mortigi, malgraŭ la neracieco de la superstiĉo.»

«Tio, kion ni bezonas,» Helena komentis, «estas metodo, por fari male. Se ni povus fari pupon, kiu similas al doktorino Lojtja, kaj superŝuti ĝin per benoj kaj belaĵoj ...»

«Mi devas iri al la laboratorio!» Rikardo subite interrompis. «Dum du tagoj mi ne ĉeestis, kaj la trian oni kredeble rimarkos min.»

Alekso demandis pedante: «Kiel oni rimarkos vin, se vi malĉeestos?» al la foriranta dorso de sia amiko, kaj poste proponis sian akompanon al la tri junulinoj ĝis la centra prelegejo.

Survoje, ili devis preteriri vendejon, kiu servis la grandan turistaron en la malnova, tradiciorica universitata urbo. Diversaj pupetoj en la fenestro portis studentajn kostumojn kaj diversspecajn talarojn, precipe la plej riĉkolorajn kaj pitoreskajn, kiuj fakte ne estis oftaj en la vivanta universitatanaro. Kutime la gestudentoj ne multe atentis tiun vendejon, sed subite Citra haltis kaj fingropikis Janinan tiel forte, ke eĉ tiu bone remburita junulino kriete protestis.

«Ĉu vi vidas tion, k-k-kion mi vidas?»

«Nenion novan ... kie?»

«Tie ... ne, ne, apud la kolegiaj blazonoj ...»

Janina ankoraŭ ne vidis, sed Helena subite ekkriis.

«Hu-hu-hu! Jes! Eksterordinara estas la simileco! Alekso, vi aŭdis ŝin prelegi; kion vi opinias?»

«Estas ŝi ... tra renversita teleskopo ...!»

La virina pupo en skarlata doktora talaro vere similis al doktorino Lojtja, kies plej rimarkindaj trajtoj estis la densa nigra hararo (nun tamen ekgriziĝanta) kaj grandaj, sinceraj bluaj okuloj.

«Ni aĉetos ĝin!» Citra kriis. «Nepre ni d-d-devos aĉeti ĝin! Kaj ni malenvultos doktorinon Lojtjan!»

La kvar gestudentoj eniris la butikon. La prezo de la kostumpupo celis usonajn turistojn, ne studentojn; sed, post iom da heroeco rilate al kukoj (fare de Janina), rilate al ŝtrumpoj (fare de Helena) kaj rilate al planita ekskurseto (fare de Citra) plus kavalireca kontribuaĵo malgranda el la poŝo de Alekso «por via idiota sensencaĵo», ili triumfe eliris la butikon kun pakaĵo, kiun la tri junulinoj tuj portis al la studĉambro de Citra, parte ĉar ŝia ĉambro estis la plej granda kaj parte ĉar ŝi posedis la plej bonan kafoaparaton.

Unue, ili emfazis la similecon de la pupo al doktorino Lojtja. Per talkpulvoro ili iom grizigis la hararon. El orkolora drato Helena faris okulvitrojn. Ili penis ekipi la pupan doktorinon per brakhorloĝo (doktorino Lojtja uzis iom grandan brakhorloĝon kun sekundomontrilo, por diversaj psikologiaj eksperimentoj); sed iliaj provoj, kun drato, rubando kaj malgranda butono, ne kontentigis ilin.

La tri junulinoj rigardis la pupon, poste rigardis unu la alian.

Citra deprenis sian latinan vortaron kaj penis ellabori ritajn formulojn por malenvultado.

«Estas facile,» Helena konfesis, «pripensi malbonon, kiun oni povus al iu fari; sed ne estas tiel facile pripensi bonon. Kion ni volas okazigi al doktorino Lojtja?»

«Ni devas fari ion tre simplan, por komenci», sugestis Janina.

Citra provis formulojn sur la dorsoflankoj de kovertoj.

«*B-b-b-benedicta ... sancta ... ad libitum ...*»

«Unue ni nur metu florojn en ŝiajn brakojn kaj vidu, kio okazos.»

Ili plenigis la brakojn de la pupo per etaj floroj kaj belaj verdaĵoj el la rokĝardeno de la loĝejestrino, kiu, feliĉe, estis ĉe la frizistino. Super la pupo ili solene deklamis latinajn frazojn liturgiecajn, kaj faris sorĉistinajn gestojn.

«Nun eble iu sendos al ŝi florojn.»

«Aŭ eble la floroj simbolas ion: eble ŝi ricevos grandan ĝojon, aŭ ian honoron.»

Ili ne prenis la aferon serioze; la riĉaj fantazioj de inteligentaj junulinoj direktiĝis multloken; sed, la sekvantan lundon, Janina devis peti doktorinon Lojtja klarigi al ŝi tre teknikan piednoton ĉe tabelo.

«Lasu min vidi ... eble vi iom misprononcas ...»

Kiam la doktorino proksimiĝis, Janina rimarkis grandajn ruĝajn ŝvelaĵojn sur la manoj kaj manradikoj.

«Ho ... ĉu vi brulvundis vin, doktorino Lojtja?»

«Brulvundis min? ... Ho, vi rimarkas miajn manojn ... Ne, temas pri urtikoj, fakte. Hieraŭ mi promenis; mi mispaŝis kaj falis, en fosaĵon. Feliĉe, estis seke, kaj estus nenio grava ... se mi ne estus peninta savi min. Mi volis kapti arbotrunkon, glitfalis kaj ĉirkaŭbrakis belan faskon da urtikoj! Kaj mia bluzo estis iom diafana. Nu, miaj brakoj, mia brusto, mia mentono, estas simile ornamitaj! Mi ne ripetos al vi, kion mi diris en tiu momento ... Nu, ni vidu ... mia kara, mi ne miras, ke tion vi ne komprenas; estas du preseraroj tie!»

Kiam Janina rakontis al siaj amikinoj pri la dolora, sed ne danĝera akcidento de doktorino Lojtja, ilia unua sinteno estis simpla bedaŭro, ke nova malagrablaĵo trafis ŝin. Sed kiam ili kaftrinkis ĉe Citra, tiu ĉi subite ekkriis:

«La k-k-kreskaĵoj en la b-brakoj de la p-p-p-p ...»

«Urtikoj!» diris Janina.

«Ni plenigis la brakojn de la p-p-pupo per floroj, kaj ŝi p-plenigis la brakojn per urtikoj ...»

«Eble tia magio efikas nur por malbonfarado ...»

Ĉiuj tri sidis konsternite; Helena estis la unua, kiu revenis al la mondo de la racio.

«Dum momento mi preskaŭ ekpensis ... Sed tio povas esti nur koincido.» Ŝi paŭzis. «Kvankam ... stranga koincido.»

«Ni provu ion alian kun la pupo,» Janina proponis. «Fakte, mi volus konvinki min, ke nia ludo neniel rilatas al la akcidento. Se ni pikos la manon de la pupo per kudrilo ...»

«Ne, ne, ne!» Citra tuj kontraŭis. «Se ni devas fari t-t-tian eksperimenton, ni almenaŭ faru ion, kiu celus ŝian b-b-bonon!»

La aliaj jesis. Ili decidis, ke, ĉar ĉiuj homoj deziras monon, ili donos monon al la pupo.

Citra sidigis la pupon, kaj sur ĝian sinon ŝi metis arĝentan moneron. La tri amikinoj denove misuzis la belan latinan lingvon kaj sentis sin interese dekadencaj.

Tiun saman vesperon, doktorino Lojtja vespermanĝis kun koleginoj, en la universitata restoracio; ankaŭ Helena kaj Janina iris tien, ĉar estis la vespero, kiam kotletoj troviĝas sur la menuo.

Ili aŭdis krieton kaj turnis la kapojn. Doktorino Lojtja, ruĝvanga kaj tre ĝenita, sidis senmova kaj rigardis sian sinon. Ŝi estis iel fuŝinta, eble pro la dolorantaj manoj, kaj renversis sian supteleron sur siajn genuojn. La telero restis tie; la supo ekgutis sur la plankon kunportante iom da koloro el ŝia robo.

Janina volis kuri al ŝi, sed Helena detenis ŝin.

«Ne atentigu ĉiujn pri la akcidento.»

Doktorino Lojtja retrovis sian aplombon kaj ĝentile vokis kelnerinon, kiu helpis ŝin reordigi la aferon. La du studentinoj baldaŭ iris al la loĝejo de Citra kaj rakontis pri la nova akcidento.

«Do, almenaŭ ne ni respondecas pri tio!» diris Helena.

«Ni ne eĉ pensis pri supo, rilate al ŝi.»

«Sed kia serio da malagrablaĵoj!»

«Nu, Janina, ni vere d-d-devas fari ion, por kontraŭi tion. Ŝi nepre devas baldaŭ sperti ion agrablan.»

«Sed kion ni do faru? ... Ho, tio ĉi estas sensencaĵo!»

«Sed amuza.»

«Kion ŝi dezirus? Kion la homoj deziras?»

«Renomon ...» sugestis Janina.

«Sed kiel oni simbolu sur pupo renomon?»

«Oni povus surmeti kronon — sed ŝi certe ne dezirus esti reĝino.»

«Amon ...» diris Citra.

«Nu ... u ... u ... eble jes. Sed ni ne havas monon, por aĉeti ian viran pupon.» Helena reveme rigardis tra la fenestro. Subite ŝi malfermis ĝin, elŝovis la kapon kaj kriis: «Ilekso! Venu ĉi tien!»

Baldaŭ Alekso estis en la ĉambro kaj trinkis kafon.

«Amiĉjo,» Helena petis, «ni opinias, ke estus tre bone por doktorino Lojtja, se iu viro arde amus kaj admirus ŝin.»

«Henjo, mi farus multon por vi, kaj la povran doktorinon Lojtja mi alte estimas, sed mi ne estas senlime filantropa; tiu bona Lojtja devas esti minimume kvardekjara. Kiel ies onklino. Estus al mi tute neeble, karesi tian velkintan floron.»

«Mi tute ne petas vin amindumi ŝin. Nu, ŝi ja estas maljuna; sed viroj de tiu aĝo ankoraŭ amas kelkfoje. Kaj doktorino Lojtja eble ŝajnus aminda, al iu tia. Ne, Alekso; mi petas nur, ke vi helpu nin pri la malenvultado. Estis via ideo. Ni eksperimentas kun tiu pupo.»

«Vi nepre estas freneza!» Alekso protestis.

«Sed helpu ... nu, helpetu, karulo, estu ĝentila kaj helpetu ...» Alekso ŝultrotiris kaj ridetis.

«Nu, vi frenezulinoj, sorĉistinoj, kion do vi deziras, ke mi faru!»

«Ke vi falu sur viajn genuojn antaŭ la pupo, kaj deklaru vian amon al ŝi. Kaj dume ni diros niajn latinajn formulojn.»

«Latinaĉajn ...» Citra korektis.

Kvankam Alekso ne sukcesis devigi sin al serioza ludado de sia rolo, li komplezis al la junulinoj por genuiĝado, kaj direktis al la silenta pupo kelkajn amvortojn. La tri studentinoj dume sorĉformulis laŭeble.

Levinte sin, Alekso demandis: «Kial ŝi havas moneron sur la sino?»

Citra ellasis krieton.

«Ho, la m-m-monero! Mi forgesis! Ho, tiu suptelero!»

«Kio estas kun vi?»

«Ho, Janina ... n-n-ni m-m-metis tiun moneron sur ŝian sinon, n-n-ni pensis pri mono; sed ŝi fakte ricevis ion sur la sinon ... supteleron ... kaj tio estis por ŝi m-m-malbona!»

«Mi konsilas al vi ne ludi kun tiaj aferoj, se ili timigas vin,» diris Alekso.

«Mi ĝenerale ne estas superstiĉa,» diris Helena, «sed nun mi preferus, ke ni ne estus farintaj trian komedion.»

Ili klarigis al Alekso pri la floroj kaj urtikoj, pri la monero kaj la akcidento en la restoracio. Li priridis ilian timon kaj faris al ili etan prelegon pri logiko kaj statistiko.

«Kaj lasu tiun pupon nur kiel ornamaĵon,» li konsilis. «Nigra magio kaj sorĉaferoj ne estas por malfortaj nervoj. Vi estas tro sugestiĝemaj.»

La sekvantan tagon, ĉiuj tri studentinoj mem vidis la akcidenton. Doktorino Lojtja troviĝis en la koridoro de la ĉefa prelegejo, kaj iris de ĉambro 37 al ĉambro 68; ĵus aŭskultinte, pro intereso, prelegon de doktoro Stramon, granda fakulo pri la metodoj de psikologia esplorado ĉe homoj, ŝi nun devis mem prelegi.

Studento venis el ĉambro 56 kaj ekiris iom rapide al la ĉefa elirejo. La laĉo de lia ŝuo estis malnodita; li paŝis sur ĝi kaj sin faligis; Citra krietis kiam la iom solida junulo neintence falis sur la genuojn antaŭ doktorino Lojtja, tiel peze kaj subite, ke lia kapo batis ŝin ie en la regiono de la matenmanĝo kaj li tre forte puŝis ŝin. Doktorino Lojtja kuŝis sur la planko, senmova dum tempeto, kiu ŝajnis al la rigardantoj tre longa. Poste ŝi malrapide levis sin al sida pozicio, kaj ĉirkaŭrigardis. Kelkaj studentinoj kuris por helpi ŝin; sed Citra, Janina kaj Helena restis ŝtoniĝintaj kaj senaplombaj.

Eksonis la voĉo de doktoro Stramon: «Nu, ne ĉiuj kunpremiĝu ĉirkaŭ ŝi — permesu al ŝi spiri. Ĉu vi vundiĝis? Ĉu vi batis la kapon?»

Li helpis doktorinon Lojtja restariĝi; ŝi apogis sin sur lia brako. Ŝi estis pala. Doktoro Stramon rigardis ŝin kun simpatio eble iom pli ol kolega. Iu studentino redonis al ŝi ŝian tekon. La junulo, kiu renversis ŝin, ĉesis froti siajn genuojn, kaj torente pardonpetis. Doktoro Stramon ordonis al studento, kiu aspektis aplomba kaj inteligenta, iri al ĉambro 68 kaj klarigi, ke doktorino Lojtja venos iom malfrue. Li unue volis diri, ke ŝi ne venos; sed ŝi kapneis.

«Ni eliru!» diris Citra urĝe. La tri sorĉistinoj, ŝokite,

timoplene, preskaŭ forflugis. Ili ne haltis, ĝis ili denove sidis en la ĉambro de Citra. Ŝi deziris pretigi kafon, sed la manoj tro tremis. Ili eksidis kaj rigardis unu la alian. Poste ili rigardis la pupon.

«Ni devas tuj haltigi nian eksperimenton!» Janina proponis.

«Estas ja io ĉi tie, kiun ni ne komprenas,» konfesis Helena. «Ni nur ludis; sed temas pri fortoj, kiujn ni ne komprenas. Ĉu diabloj? Spiritoj? Ĉu io en la subkonscia menso? Mi ne scias. Sed ni ne risku plu. Eble ni mortigos ŝin.»

«Kaj Alekso, kiu parolas pri hazardo!» diris Janina indigne. «Ni donas florojn al tiu pupo, kaj doktorino Lojtja kontraŭvole ricevis brakoplenon da urtikoj. Ni metas moneron sur la sinon de la pupo, kaj ŝi faligis supteleron sur la sinon. Kaj ni aranĝas, ke viro surgenuiĝu antaŭ la pupo — kaj tio ja okazis al ŝi, sed temas pri akcidento. Dum momento mi kredis, ke ŝia kranio estas frakasita. Ni neniam plu faru tiajn stultajn eksperimentojn. Ni ne scias, kion ni faras.»

Citra, terurite, prenis la pupon en la manojn.

«Tiu ĉi abomena pupaĉo!» ŝi kriis. «Ni ne sciis, kion ni faris, ja! Ĝi estas io malbona! Doktorino Lojtja havis nur akcidentojn ekde la eniro de ĉi tiu infera pupo en mian ĉambron! M-m-m-mi d-d-detruos ĝin! Mi m-m-malamas ĝin!»

Kaj Citra, proksima al histerio, iris al la alia flanko de la ĉambro, kaj, antaŭ ol la aliaj povus bridi ŝin, ŝi ŝtopis la kostumpupon en la malgrandan fornon. La vitra pordeto de la forno bele ekbrilis. Citra falis en seĝon kaj komencis plori. Helena, kun krio de vera teruro, levis la kovrilon de la forno kaj penis savi la pupon; sed tro malfrue.

«Citra!» ŝi kriis. «Kion vi faris? Kion inter tero kaj ĉielo vi faris?»

«Tiu abomena pupo ...» ĝemis Citra.

«Citra, vi meritas, ke oni vin sufoku! Ni supozu, ke tiu pupo fakte havas efikon sur la vivo de doktorino Lojtja. Ni donas florojn; ŝi ricevas urtikojn. Ni donas moneron; ŝi ricevas supteleron. Ni proponas viron genuantan; ŝi ricevas ja tion, sed danĝere kaj dolorige. Ni penas fari al ŝi bonon, kaj ĉio turniĝas en malbonon. Kaj nun vi, kretenino, prenas ĝin kaj per fajro detruas ĝin! Vi cindrigas ĝin! Kaj kion tio faros al doktorino Lojtja?»

Citra nun estis krete blanka; teruro tiel paralizis ŝin, ke ŝi ne plu eĉ ploris.

«Estas al mi malfacile deteni miajn manojn de via gorĝo, vi histeria idiotino! Se baldaŭ doktorino Lojtja mortos, estos vi, kiu kulpos! Eble vi jam murdis ŝin!»

«Kaj,» Janina aldonis, «ĉiuokaze, vi ne rajtis mem decidi pri la sorto de la pupo. Ni kune aĉetis ĝin.»

«Mi repagos viajn partojn,» respondis Citra, iom trankviligite per la ebleco fari ion konkretan. La furiozo de Helena komencis cedi al ŝia kutima raciemo kaj empiriismo.

«Se io terura okazos,» diris Helena, «ni respondecos. Eble ŝi falos en ian fajron; eble estos incendio, kie ŝi estas.» Ŝi paŭzis. La okuloj de Janina estis tre rondaj. Citra larmis. «Sed mi kredas, ke ne. Eĉ se ĉio funkcias, kiel ĝi funkciis antaŭe; ĉar nenio okazis precize tiel, kiel ni faris kun la pupo. Ŝajnas al mi pli probable, ke iu malsano kun tre alta febro trafos ŝin ...»

«... aŭ iu malsano konsumos ŝin ... io kiel tuberkulozo ...» Janina kontribuis.

«Estas nur unu afero, kiun ni povas fari,» Helena daŭrigis. «Ni devas konscience observi ŝin. Ni ne forgesu, ke ni respondecas. Ĝis la limoj, kie observado iĝus impertinenta spionado, eĉ eble iomete trans la limoj, ni devas observi ŝin. Tiam, se io terura okazos, eble ni povos savi ŝin.»

Ili interkonsentis pri deĵoraj horoj, kaj observadon ili faris dum tri tagoj. Kompreneble, ili ne povis gardi la doktorinon en ŝia propra ĉambro; sed ili multe observis ŝin. Ili atentis precipe pri fornoj, fajroj, alumetoj, cigaredoj. Nenio okazis. Doktorino Lojtja eĉ aspektis iom pli gaja kaj bonfarta. Citra denove iĝis laborkapabla; sed la tri studentinoj restis maltrankvilaj. Kiam iu surstrate portis karbojon[1] de sulfuracido proksime al doktorino Lojtja, Janina, deĵoranta gardistino, dum terura momento, kredis, ke la fatalo plenumiĝos. Sed la karbojo nek falis, nek eksplodis.

Venis la kvara tago. La tri studentinoj ĉeestis la saman prelegon de doktorino Lojtja. Poste ili sekvis ŝin. Ŝi iris al ĉambreto, kie troviĝis libroj, grandaj diagramoj kaj tabeloj pri ŝia fako. La studentinoj restis ekstere; ili ne povis sin trudi; sed ili pensis pri alumetoj kaj pri tiom da papero.

La voĉo, kiun la studentinoj aŭdis el la libroĉambro, ne estis tiu de doktorino Lojtja; kaj poste ili aŭdis ŝian voĉon, sed farantan brueton, kiun oni povus nomi iom laŭta pepo.

La koridoro rapide malpleniĝis, ĉar la gestudentoj deziris kafon. La tri malfeliĉaj sorĉistinoj devis mem agi. Ili premis sin kontraŭ la pordo de la libroĉambreto; kaj de tie ili aŭdis la vortojn:

«Kara, kara Marina!»

«Ho, mia kara Francisko! Kion diri do? Vi vekis en mi flamojn, kiujn mi kredis estingitaj antaŭ ses jaroj. Ni du, mezaĝaj ... kaj mi estas tute enflamigita. Mi tiel multe estimis vin ... sed tion alian mi ne atendis ...»

---

1 *karbojo*: botelego uzata por acidoj kaj aliaj ĥemiaĵoj en laboratorioj kaj fabrikoj (angle: *carboy*).

«Eĉ profesiaj psikologoj ne scias ĉion.»

«Ne ...» Sekvis longeta silento.

La tri studentinoj rigardis unu la alian. Poste ili malproksimiĝis de la pordo, kaj tre atente rigardis la urban scenon tra fenestro. Post du minutoj, doktorino Lojtja eliris la libroĉambreton kaj iris rapide al la tualetejo por stabaninoj. Ŝi bezonis freŝan lipfarbon. Alie ŝi estis tre bela.

Du minutojn poste, doktoro Stramon eliris la libroĉambreton, kun diagramo en rulaĵo sub la brako kaj tre vivoplena mieno.

«Ŝajnas,» diris Helena, «ke Citra faris pli bone, ol ni opiniis. Doktorino Lojtja ja falis en la flamojn. Dio benu ilin ambaŭ kaj daŭrigu ilian feliĉon!»

«Henjo,» diris paĉjo, agacite, «rigardu tien, kien mi fingromontras! Vi estas eksterordinare stulta, pri tiu afero! Vi neniam atentas min. Vidu, la bela ŝipo estas tie, *tie*, rigardu, sekvu mian fingron!»

Henjo, kiu treege deziris plaĉi al paĉjo, obee rigardis laŭlonge de la fingro de paĉjo, kredigis al si, ke ŝi vidas ŝipon, ĉar se paĉjo diras, ke ŝipo estas tie, tie ja devas esti ŝipo; kaj diris: «Jes.»

«Jen, do; vidu; kiam vi atentas, vi tuj vidas, sed vi devas atenti tion, kion mi diras, jam la unuan fojon.»

En aliaj aferoj, Henjo bone obeis, kaj sufiĉe kontentigis paĉjon. Ŝi lernis legi jam en la kvara jaro; libroj kaj bildoj tre plaĉis al ŝi. Paĉjo volis ludi kun ŝi per pilko, sed tio ne plaĉis al la knabineto, kiu montras sin strange stulta kaj preskaŭ neniam sukcesis kapti la pilkon. Stranga ja estis tiu stulteco; Henjo estis inteligenta knabino; jam parolis flue, volonte kaj frue legis, fantazioriĉe ludis kun siaj ludiletoj — la bestĝardeno, la farmbieno. Kvarjara kaj duono; paĉjo jam komencis ambicii por ŝi.

Ankaŭ Henjo tre deziris la aprobon de paĉjo, kiu volante kiel eble plej multe instrui ŝin, tiel ofte fingromontris malproksimajn objektojn.

Se oni ne jam suspektas ion tian, ne estas facile rimarki, ke knabineto tiel malgranda estas miopa. Infanoj estas tiel malaltaj, ke nature ili agas tre proksime al preskaŭ ĉio. Kompreneble ili estas mallertaj, kelkfoje falas, kolizias, renversas objektojn. Oni povas koleri aŭ indulgi, sed oni ne miras.

Henjo preskaŭ ne vidis pli malproksimen ol dudek centimetrojn.

Ne povante kompari, ŝi ne sciis pri sia difekto, kaj daŭre strebegis por plaĉi al paĉjo, kiu fingromontris ŝipojn, ĉevalojn, preĝejajn turojn. Ŝia plaĉemo estis tia, ke ŝi preskaŭ ĉiam vidis ilin finfine, laŭ la bildoj en siaj libroj.

Paĉjo, kiu senscie turmentadis sian filineton, tre amis ŝin kaj deziris al ŝi ĉion bonan. Venis vespero, kiam li volis speciale ĝojigi ŝin.

«Henjo,» li diris, «ĉu vi volas hodiaŭ vidi la stelojn?»

«Jes,» diris Henjo.

«Do, vi estis tre bona knabineto hodiaŭ; kaj vi rajtos, specialregale, ne enlitiĝi je la kutima horo. Kiam estos mallume, ni iros en la ĝardenon kaj ni vidos la stelojn.»

La vizaĝeto eklumis. Paĉjo, kiun tre kortuŝis la ĝojo en la okuletoj, kiam Henjo ricevis floron aŭ rajtis karesi katidon, promesis al si ĉarman, puran plezuron.

Henjo sciis ĉion pri steloj: ŝi vidis ilin en pluraj ferakontaj libroj. Ŝi sciis, ke steloj havas kvin pintojn kaj estas de diversaj grandecoj. Ŝi sciis, ke la plimulto estas orkoloraj, sed ke kelkaj estas ruĝaj, bluaj aŭ verdaj. Estas ankaŭ steloj kun belaj vostoj. Kelkfoje estas belaj homoj inter la steloj.

Kaj nun paĉjo montros al ŝi la realajn stelojn, same kiel li jam montris realajn ŝipojn kun multaj mastoj kaj veloj. (La libro diris *veloj*; paĉjo diris *kamentuboj*; sed plenkreskuloj komprenas ĉion.)

«Nu, Henjo, ni devas vesti vin varme: unue la jaketon; la mantelon; la skarpeton; jes, vi devas porti la gantetojn — iom frostas; nun, la ĉapelnjon; jes, kaj bone; do, ni iros en la ĝardenon.»

«Vidu, do!» diris paĉjo kun impresaria fiero, kaj montris supren.

Henjo, obeema knabineto, rigardis supren. Je malgranda distanco super la kapeto, ŝi vidis la stelojn, la kvinpintajn orajn stelojn, kiel ornamaĵojn sur tegmento, brilajn kiel metalpapero, tiel grandajn, ke knabineto povus sidi inter du pintoj sur la plej grandaj. Kelkaj estis ruĝaj, bluaj, verdaj; kaj inter ili kurbiris grandaj kometoj kun oraj vostoj kiel la hararo de Linjo en la apuda domo, silkecaj vostoj, kiujn ili svingis.

Kaj la avide vidantaj nevidopovaj okuletoj larĝiĝis; kaj rideto de ravito kurbigis la buŝeton; kaj paĉjo estis tre kontenta.

Kvinjara, Henjo iris al la lernejo. Jam legoscia, laŭ la gepatroj, bonkonduta, laŭ la gepatroj, ŝi ne povis legi de la nigra tabulo. La instruistino sciis, ke gepatra fiero ofte trompas; ke infanoj ofte kondutas iom strange pro la unua elradikiĝo; sed tiu Henjo ŝajnis saĝa kaj bonintenca knabineto. La instruistino invitis ŝin pliproksimiĝi al la nigra tabulo; sed vane. Ŝi proponis libron; Henjo kun rideto prenis ĝin kaj tre bone laŭtlegis. La instruistino informis la lernejestrinon, kiu tuj informis la gepatrojn.

Nova kaj stranga epoko komenciĝis en la vivo de Henjo. Plaĉi al paĉjo iĝis pli malfacile; li ne plu volis, ke ŝi legu; ne plaĉis al li, ke ŝi ludu kun malgrandaj ludiloj. Ŝi ne povis kompreni, kiel ŝi kolerigis paĉjon; sed gepatroj ofte koleriĝas; tio estas parto de ilia metio; do Henjo iasence akceptis sian propran nekomprenon.

Post kelkaj semajnoj, panjo akompanis ŝin al granda urbo. Ili vojaĝis per vagonaro, kaj tio estis interesa. La urbo estis tre brua kaj panjo insistis, ke Henjo ĉiam tenu ŝian manon. Ili vizitis grandan sinjoron, kiu parolis al Henjo ĝentile kaj montris al ŝi amuzajn bildojn, sed kiu metis en ŝiajn okulojn ion, kio dolorigis ilin kaj poste igis ŝin ege soifa. Li petis ŝin rigardi lampojn, literojn, sagojn kaj aliajn strangajn objektojn. Li petis ŝin rigardi tra multaj lensoj kaj respondi al demandoj.

Poste panjo akompanis Henjon al kafejo, kaj Henjo manĝis fragoglaciaĵon, kaj tio estis la plej grava parto de la ekskurso. En la vagonaro, reirante hejmen, Henjo soifis, pli ol ŝi iam ajn soifis antaŭe, kaj poste endormiĝis, kontraŭvole sed neeviteble.

Ili vizitis la urbon duan fojon, kaj Henjo esperis, ke ŝi ricevos duan fragoglaciaĵon. Ĉi tiun fojon la granda sinjoro ne dolorigis ŝin, do eble ŝi estis pli bonkonduta. Tamen ŝi ne ricevis glaciaĵon. La granda sinjoro donis al ŝi okulvitrojn. Kaj ĉio iĝis malpli granda, pli fiksa; kaj la objektoj iĝis pli malsimilaj unu al la alia. Henjo povis legi pli malproksime. Ŝi vidis la muron ĉe la alia flanko de la ĉambro. Ŝi vidis la vizaĝon de la patrino; ĝi estis pli komplika, ol ŝi antaŭe supozis.

Dum kelkaj tagoj, ŝi sentis sin konfuzita; sed baldaŭ ŝi komprenis, ke estas tre utile, porti okulvitrojn, se oni bezonas ilin, kvankam estas iom strange, ke paĉjo kaj panjo ne bezonas ilin. Eble plenkreskuloj lernis kiel vidi pli lerte. Estis pli da ludoj, kiam ŝi povis vidi la tutan ĉambron, la tutan ĝardeneton, samtempe.

Kaj, kiam paĉjo fingromontris ŝipojn, ĉevalojn aŭ preĝejajn turojn, Henjo povis vidi ilin.

Semajnoj pasis.

Paĉjo subite diris: «Henjo, panjo kaj mi interkonsentis, ke hodiaŭ vespere vi ne devos enlitiĝi je la kutima horo. La steloj estos belaj, klare videblaj, ĉi-nokte; kaj ni eliros por vidi ilin.»

Henjo entuziasmiĝis. La steloj estis tiel belaj, kiam ŝi vidis ilin sen okulvitroj. Nun ŝi vidos ilin klare, kiel ŝi vidas florojn, nubojn kaj aŭtomobilojn. Ŝi vidos la detalojn. Eble ŝi eĉ povos vidi belajn hometojn inter la steloj.

Dum la vespero ŝi plurfoje demandis: «Ĉu jam nigrizis ekstere? Ĉu ni iros kaj riga'dos la stelojn?»

«Ankoraŭ ne.»

«Ankoraŭ ne.»

«Unue brosu la dentojn.»

«Ni ne forgesu enlitigi Roberton.» (Roberto estis pupo kun skarlata pantalono.)

Finfine panjo butonumis Henjon en ŝian jaketon, volvis ŝin en skarpojn kiel kokonegon, kaj tiris la ĉapeleton sur ŝian kapeton. Kaj paĉjo proponis al ŝi la eksterordinare grandan manon.

Ili iris en la ĝardenon, kaj Henjo rigardis supren.

Ŝi vidis nur mizerajn blankajn punktojn, tre malproksimajn kaj tute ne interesajn. (Ni ne malestimu kvinjarulinon, ĉar ŝiaj gustoj estis pli barokaj ol klasikaj.) Tute mankis pintoj, koloroj.

Henjo silentis pro seniluziiĝo. Ŝi rigardis ĉiudirekten, esperante, ke ŝi faris ian eraron.

Ŝi ne deziris plori. Ne estas eble koleri. Neniu povus helpi. Nenio konsolos. Eĉ ne fragoglaciaĵo konsolus.

«Belege, ĉu ne?» diris paĉjo.

«Jes,» diris Henjo.

Paĉjo fingromontris kelkajn konstelaciojn; la Grandan Urson, Orionon, Kasiopeon kiel duoblan V; kaj Henjo obeeme sekvis lian fingromontradon. Ne estis simileco al urso aŭ ĉasisto. Poste ili reiris en la domon.

«La etulino estis tiel ravita, ke ŝi apenaŭ povis paroli,» diris paĉjo al panjo. «Vidu, eĉ nun ŝi restas silenta.»

«Kiel bele, esti infano ...» panjo murmuris, kun nebula sento, ke io sankta ĉeestas. Ŝi malvolvis la lanan kokonegon kaj helpis Henjon enlitiĝi.

Henjo kuŝis en la lito. Estas malbone, ellitiĝi ĝis panjo venas matene. Ellitiĝi tuj post la enlitiĝo estas tre malbone, eble la plej malbone imagebla.

Sed sopiro kaj scivolemo turmentis ŝin. Eble se ŝi tre silentos, panjo ne scios.

Zorgante plensilenton eble same intense kiel eskapanto el karcero, tremetante, kun konstanta falosento en la ventro, Henjo ellitiĝis. Ŝi surmetis la okulvitrojn kaj iris al la fenestro. Timoplena pro la ekstremeco de la peko, ŝi flankenpuŝis la kurtenon kaj rigardis la noktan ĉielon.

Nur blankaj punktoj.

Sed, sen okulvitroj, ŝi iam vidis multajn kolorojn, riĉajn ornamojn.

Henjo demetis la okulvitrojn kaj rigardis tra la fenestro denove. Sed ŝi vidis nur ian nebulecan mallumon. Sen okulvitroj, ŝi nun povis vidi eĉ ne la blankajn punktetojn. La aliaj steloj, la belaj steloj, la amikaj, rekoneblaj, personaj steloj, malaperis por ĉiam. La nova bona vidkapablo forigis la eblon vidi ilin.

Henjo ne komprenis. Ŝi provis trifoje kun la okulvitroj kaj trifoje sen ili, esperante pri iu eraro.

Ŝi perdis siajn stelojn; sed ne estis permesite lamenti, ĉar ŝi ankaŭ faris pekon nenomeblan: ŝi ŝteliris el la lito post la foriro de panjo. Venis larmoj al la okuloj; kaj tiam ŝi dum momento kredis, ke eble la steloj reaperos. Sed ŝi palpebrumis, kaj la pli grandaj lumoj denove malaperis.

Iu moviĝis malsupre. La falosento en la ventro iĝis netolerebla. Henjo rapidis al la lito kaj enlitiĝis denove; ŝi metis la okulvitrojn sur la tablon. Ŝi kuŝiĝis.

Baldaŭ ŝi endormiĝis. Infanoj endormiĝas pli rapide, ol ŝajnas al ili mem.

NOTOJ PRI LA TEKSTO

Ĉi tiu dua eldono uzas la tekston de la unua eldono (La Laguna: Régulo, 1967), sed kun ĉirkaŭ cent malgravaj korektoj. Kelkaj el la korektoj estas subtenataj de pli fruaj versioj de tri el la noveloj:

> 2. Ebrivirgeco:
>   Nica Literatura Revuo, 1958, numero 3/3, p. 99-107.
> 3. Mezepoka historio:
>   Norda Prismo, 1958, numero 1, p. 19-26.
> 8. Tiel, kiel ĝi ne okazis:
>   Nica Literatura Revuo, 1957, numero 2/4, p. 121-125.

La kvin piednotoj troviĝis jam en la unua eldono.

La sekva tabelo montras ĉiujn intence faritajn ŝanĝojn escepte ĉirkaŭ 43 ŝanĝojn nur de interpunkcio kaj majuskleco.

1	estus fotografo	estus fotografisto
1	fotografon	fotografiston
1	banalan vizagon	banalan vizaĝon
1	signifiis ion	signifis ion
1	Jes, sentis min	Jes, mi sentis min
1	junulino mefimda	junulino memfida
1	preferata vortoj	preferataj vortoj
1	sia nesperteco	ŝia nesperteco
1	sur la pladon	sur la pleton
1	vidis ion tion	vidis ion tian

1	tri granda bulboj	tri grandaj bulboj
2	povos aĉeti	povu aĉeti
2	ŝin, malstreĉigis	ŝin, malstreĉis
2	neniu rimakis	neniu rimarkis
2	«Ho ve!» Fraulino	«Ho ve!» fraŭlino
3	jes, la lepro	jes, la lepron
3	Mosto — — se	Moŝto — — se
3	kvanto de sango	kvanto da sango
3	Mosto, mi	Moŝto, mi
3	necesajn arangojn	necesajn aranĝojn
3	mia plejmata	mia plejamata
4	proble pri	probable pri
4	kvazaŭ ŝi timas	kvazaŭ ŝi timus
4	Ne atendinde	Ne atentinde
4	servis la supon	disdonis la supon
4	troformala	troformale
4	koncentrigis	koncentris
4	krei al ŝi	krei al si
5	paperpremilo estas	paperpremilo estis
5	fotografoj	fotografistoj
5	Scientisto	Sciencisto
5	remetis la aerolitan	remetis la aeroliton
6	milito jam komencis	milito jam komenciĝis
6	Tio, kiom mi	Tio, kion mi
7	lin al la ŝego	lin al la seĝo
7	Ankaŭ kelkaj jaroj	Antaŭ kelkaj jaroj
7	neniam valoron	nenian valoron
7	tordi vi	tordi vin
7	Ankaŭ vi trovos	Vi trovos ankaŭ
7	bezonas alian	bezonas pluan
7	La ankaŭ estis	Li ankaŭ estis
7	sed Jahano	sed Johano
7	kaj mangaĵoj,	kaj manĝaĵoj,
8	Kreinto lokigis	Kreinto lokis

9	Vanern	Vänern
9	Stockholmo kaj Malmő	Stockholm kaj Malmö
9	kvazaŭ elprenis	kvazaŭ elpremis
9	tion deziras	tiom deziras
10	ĝorgon	gorĝon
11	Papieren	Papiere
11	bonkavalitan havaĵon	bonkvalitan havaĵon
12	Heleno demandis	Helena demandis
12	kaj ankaŭ ŝi	kaj ŝi ankaŭ
12	Lojta. Per	Lojtja. Per
12	ruĝajn ŝvelaĵon	ruĝajn ŝvelaĵojn
12	b-brakoj da	b-brakoj de
12	el la fenestro.	tra la fenestro.
12	Lojta, tiel	Lojtja, tiel
12	savi sin	savi ŝin
12	fabrikejoj	fabrikoj
12	el fenestro	tra fenestro
13	estis miopa	estas miopa
13	dudek centrimetrojn	dudek centimetrojn
13	akompanis Henjo	akompanis Henjon
13	el la fenestro denove	tra la fenestro denove

Edmund Grimley Evans